随顺集

时代出版传媒股份有限公司
安徽文艺出版社

程鹰◎著

程鹰，1963年出生，安徽省黄山市人。中国作协会员。主要作品有小说集《神钓》、长篇小说《余韵》《文博游戏》、长篇纪实文学《"城市精英"揭秘》、电影剧本《砚床》等。其中《神钓》被誉为"文化术道小说之神品"；《余韵》《文博游戏》荣获安徽省社会科学奖；《砚床》获1996年度中国电影"金鸡奖"提名奖，并被美国二十世纪福克斯公司购买版权。爱好佛法、易经、中医、古琴、书法等。

随顺集

程鹰◎著

时代出版传媒股份有限公司
安徽文艺出版社

图书在版编目（CIP）数据

随顺集/程鹰著. —合肥：安徽文艺出版社，2020.9
ISBN 978-7-5396-6969-4

Ⅰ. ①随… Ⅱ. ①程… Ⅲ. ①散文集－中国－当代
Ⅳ. ①I267

中国版本图书馆CIP数据核字(2020)第085561号

出 版 人：段晓静	
责任编辑：姚爱云	装帧设计：张诚鑫

出版发行：时代出版传媒股份有限公司　www.press-mart.com
　　　　　安徽文艺出版社　www.awpub.com
地　　址：合肥市翡翠路1118号　邮政编码：230071
营 销 部：(0551)63533889
印　　制：合肥创新印务有限公司　(0551)64456946

开本：880×1230　1/32　印张：8.375　字数：200千字
版次：2020年9月第1版
印次：2020年9月第1次印刷
定价：39.80元

（如发现印装质量问题，影响阅读，请与出版社联系调换）
版权所有，侵权必究

目录
Contents

第一辑

启蒙三昧 / 003

定无罪岭 / 008

新鲜事物 / 010

表哥和他的瓜地 / 014

新年话旧 / 017

唯有脚踏才自行 / 021

阿米尔,冲 / 024

永不消逝的"电吻" / 027

小华山琐忆 / 030

沙洲新村忆语 / 035

舞厅边裁 / 040

第二辑

可怜董小宛 / 045

我闻柳如是 / 048

苏小小片段 / 051

明月几时有 / 053

被改编的美丽争吵 / 055

娥皇、女英永应知 / 058

何处得沽文君酒 / 061

芸娘清魂今安在 / 064

感时花溅泪 / 067

回头是爱 / 070

第三辑

《广陵散》/ 075

《箜篌引》/ 078

一生知己是梅花 / 081

在疏狂和谦逊之间 / 083

兴尽而返 / 086

秀才与兵 / 088

管鲍之交 / 091

川端与菊池 / 094

另一位歌德 / 096

关于桌子的新感觉 / 099

命定的使命 / 102

月亮与六便士 / 104

思君令人老 / 106

忆铁生／110

汪曾祺先生侧记／115

第四辑

别有声色／127

广州语文／129

行色匆匆／132

"鑫"字诀／134

禁鸣的启示／136

江边漫记／138

莫把冯京当马凉／141

月亮、指头与随意／143

懒散的意义／146

相敬如宾／148

婚姻如琴盒／150

功亏一"篑"／152

黄山人写意／154

晓梦屋／157

泫然对旧文／160

纪念鲍黎健先生／165

第五辑

花道／169

鸟语／174

凤凰城／180

藤州本色／219

后记／260

第一辑

沉·太古音戊戌已月海上苍雲書

启蒙三昧

我现在之所以做了一个写字的人，大半是因为蒙童时期的"童子功"练得不错吧。有时，我忍不住会这样想。

一、认字

小时候我跟着外婆在乡下长大。五岁那一年，隔壁的老疤就开始教我认字。现在想来，这真是我莫大的福分。

老疤好像是桐城人，初以补伞为业，四方游走，补到我们村就住下来了，仿佛看准了我们村的破伞最多。老疤这一回看走眼了，我们村的破伞并不多——我们村的人下雨天出门喜欢戴斗笠，偏就不喜欢花钱去买伞来打，老疤有什么办法呢？老疤只好改行开了染坊，不料我们村的人也不喜欢把衣裳的颜色变来变去，这就迫使老疤又改做了修铜壶补锅的。这一行总算合了我们村人的胃口，老疤终于在我们村待下来了。因为他的后脑勺上有一个又圆又亮的疤，就像新补过的一样，所以大家都喊他老疤。

我也开始喊他老疤的时候,那一年,据他自己说,他五十四了。

大约是桐城自古多文人的缘故吧,老疤说他的祖上都是极有学问的人,因此他执意要教我认字,以便我长大后可以和他的祖上一样有学问。他捏着一块木炭信手在地上一画,然后指着那黑圈儿教我念:

"滚、滚,滚你娘个蛋的滚!"

"滚、滚,滚你娘个蛋的滚!"我专心致志地跟着他大声读。

之后我天天去他家,他就天天教我认这个"滚"字,我也照例是天天认真地学。

老疤有个老婆,据说是老疤年轻时从青楼里赎出来的风尘女。当时我觉得老疤很了不起,因为那时候我猜想风尘女和仙女大概是一个意思,更何况别人的老婆都是娶来的,独独老疤的老婆是赎来的,那还了得?有一回吃夜饭的时候,老疤喝着酒,不知怎么喝生气了,擂着桌子冲他老婆吼:

"滚!滚!滚你娘个蛋!"

我一听觉得不对劲,疑心老疤一生气就忘了词,赶紧一擂桌子替他接上去:

"——的滚!"我喊得震天响。

大家猛一错愕,随即面面相觑。我矜然四顾,心想自己好歹念对了一回。

这便是我开始学认字的故事了,尽管老疤笔下的"滚"字很不好认,时而是个圆圈,时而是个椭圆,时而又像根茄子似的,但我总算知道了认字也不稀奇,不过就那么回事儿。

二、学诗

说起学诗,我的福气可比香菱差得远。我的师父名不见经传,他叫骚和尚。

骚和尚三十六岁还没讨到老婆,一个村的人都说他可怜。听人家说骚和尚十七岁时还在念小学三年级,因为脑子实在太笨,就停了学不再念了。骚和尚却再三申辩,说他的语文原是一等一的,只不过算术嘛……有点那个。

骚和尚的原名我记不大清了。因为没有老婆,人家就叫他和尚。又因为没有老婆,他见了年轻一点的女人家,两眼就放直光,像个"花痴",所以人们又在和尚前面冠以"骚"字。骚和尚对此很不满意,他认为索性加个"花"字,叫作"花和尚",那便要好得多了。怎奈大家都不愿意把他和鲁提辖混作一处,皆一口咬定叫他骚和尚,他也就只好少数服从多数了。

骚和尚是个绝对的好人。他每天来我家,替我外婆挑满一缸水后,就开始教我念唐诗。他再三叮嘱我一定要把唐诗学好,这是世间顶要紧的事。这不由得使我肃然起敬,我便一丝不苟、逐字逐句地跟他念诵起来:

"大屁呀大屁,本是一股气,趁你不注意,一下溜出去,熏倒了百姓,也臭死皇帝!"

这首"唐诗"朗朗上口,原是极易背诵的,我学不多久便烂熟了。骚和尚一时又想不出新的"唐诗"来教我,于是我们只得天天温故时习之,只把这首"大屁呀大屁"的"唐诗"颠来倒去地念个不停。

有一天把我外婆吵烦了,她去门后边擎来一把扫帚疙瘩,一边在骚和尚身上死命地抽,一边大声念道:

"躺尸!躺尸!叫你躺尸去!叫你躺尸去!"

我悚然敬凛,觉得外婆也是不可小觑的,她居然也知道我们念的是"唐诗"。

我的第一首"唐诗",就这样学会了。至于"斫取青光写楚辞,腻香春粉黑离离"那些个诗句,是我长大以后费了大力气从书里背来的——这是后话了。

三、比喻

老实说,我第一次学会运用修辞学里的比喻,和表哥实在有极大渊源。

表哥是乡下所说的"泡新鲜"那种人,凡事爱赶时髦。他曾依仗一只烧汽油的打火机,在村里辉煌了一个冬天,因为当时村里人认定洋火(火柴)是世间唯一可以引火的东西。直到剃头师傅小癞痢不知从何方洞府也弄来一只打火机,这才削弱了表哥的气焰,他进而就郁郁寡欢起来。至于他从此对小癞痢心存芥蒂,那是不言而喻的了。

表哥曾去县城读过西瓜种植培训班。回村后,西瓜不见得种得高明,却学着城里人的样子,在瓜地尽头的山坳里,搭了一个男女分家的茅厕,以供大家方便。男的使用东头那半间,大家戏称"东厢房";女的使用西头的半间,自然就叫"西厢房"了。

我头一次学会运用比喻,就是在那"东厢房"里。那会儿我正在方便,忽听得"西厢房"有两个女人家在说笑。其中一个对另一个说:

"这男人家和女人家就是不一样。就说走路吧,男人走路有一股子猛劲儿,跟打鼓似的,咚!咚!咚!那女人家呢,一股子软劲儿,一款一摆,跟打锣似的,哐——哐——哐——"

两人说着,又一齐哧哧地笑起来。

待我从"东厢房"出来,走上通向瓜地的那条田埂时,见到适才说话的两位正走在前面。她们徐徐地,缓缓地,一款一摆地,跟打锣似的走着。我急于超前,无奈田埂太窄,她俩又只顾说笑,浑然不理会身后有人。我正琢磨着怎样招呼她们闪开道,忽然脑间灵光一闪,提气喝道:

"喂,打锣的,让打鼓的先走啊!"

两人一惊,蓦然回头,均绯红了脸,羞赧地让到一边去了。我便理直气壮地扬长而过。

这一年我九岁,头一次运用比喻,效果就不坏,以至于如今每当我看见时装模特儿或礼仪小姐什么的在台上地下走,我都忍不住想喊她们一声:"打锣的!"

忽而又感慨世风已改,如今无论什么事,常见"打锣的"一股疯劲冲在前面,且再也不愿给"打鼓的"让路。"锣钹"开道,"钟鼓"尾随的新潮流已蔚然汹涌。

定无罪岭

我的童年是在绩溪县浩寨乡坦头村度过的。更早的时候,坦头村叫五都,胡适之的老家上庄村叫八都,两个村相距不远。不知为什么,我小时候一直觉得坦头村比上庄村威风,因为坦头村有一道"定无罪岭"。

仿佛刚生下来那一天我就知道,我们村东头有一座很高的山,叫大鸿山,凡上大鸿山必须要过一道极长的岭,叫"定无罪岭"。

在相当长一段时间里,我从来没有想过,这道石板排成的长岭,为什么会起这么个古怪的名字,我甚至不知道那是哪几个字,只是跟着大人们用当地方言说出那么四个字,好像它天生就应该有这么个名。

我的三舅公,曾孤单地住在大鸿山半山腰的一座黄泥屋里,我不明白他为什么要住在那个鬼地方。每逢过年,舅舅总要带上我,去看看他。过定无罪岭时,照例是舅舅背着我上去,下岭也是如此。

当我渐懂一些人事之后,我才慢慢清楚了那岭的由来:原来大鸿山当年是太平军的藏身窝,曾文正公为了招降,便在山脚铺设了这道岭,取名"定无罪岭",并贴出了告示,说:"凡下此岭者,概定无罪。"曾国藩大概摸透了太平军吃软不吃硬的犟脾气,便设了这道岭,算是给太平军一个"下台阶"。随后我又听说三舅公竟是一个有罪的人,他原先在县里一个中学教书,教着教着,就成了"右派",被罚到山上看林子去了。我不禁笑三舅公呆,曾文正公不是说下岭便无罪吗?三舅公干吗不下岭来呢?可惜没有人给我解答这个疑问,连我那个读过初中的舅舅都说不清楚。

鉴于我对"定无罪岭"的困惑,当我离开家乡去城市的时候,我专门去和"定无罪岭"道了别,从此天各一方。

直到去年,我回了老家一趟,才重新见识了"定无罪岭",不禁惊异于这道岭并没有童年印象中那么长,甚至觉得它太短,短得令人扫兴,不过就是一百几十多道石阶,平淡无奇。这样一来,记忆与现实便产生了极大的反差,不可调和。但我宁可相信童年记忆中的"定无罪岭",因为理智告诉我"有罪"和"无罪"之间,其情形有如犹大和耶稣,界限是极分明的,应该有着很长一段距离,绝不至于像这岭一样短、近、模糊。于是我揣测这岭被改造过了,可舅舅说:"没这事,这岭是无人敢动的,被省里保护着呢!有个白头发老教授来看过,说这岭里头有历史,谁还敢动?"我听了,脑子里一片茫然。

三舅公是早死了,半山腰那栋黄泥小屋还在,远远望去,犹如一座道观。

新鲜事物

我六岁半那一年,表哥秃子阿三不知从何方洞府弄来一只烧汽油的打火机,在村里辉煌了一个冬天,把村里人的心撩得热辣辣的。人们目睹一束小火苗变戏法似的从一个小铁盒里蹿出来,当场就傻了眼,继而开始长吁短叹,为大家业已用惯的火柴感到伤心,同时隐约有些心神不宁,生怕这是一个不祥的兆头。

果然,开春以后,村里新奇古怪的事一下子多起来。

一天,上庄村方向来了一群陌生人,在村外的田野里和山坡上干一件奇怪的事:他们每隔一段路就在地上埋一根极高的木桩子。我和伙伴们一致认定,他们是想竖一排极大的篱笆,企图把我们村围起来。我们开始感到不安,因为"结巴鬼"他爹已将太平天国时留下的短剑卖给了收古董的,村里失去了能对付巨大篱笆的法宝。我们开始对上庄人提高警惕,疑心他们要对我们村做手脚。因为我们不止一次听老人们说,上庄自从出了个胡适之,就再也不像从前那么规矩了。我们寄希望于危急时刻,中屯村的人会来帮助我们。我舅舅跟我说得很清楚,适之的妈妈是中屯村人,而中屯村和我们坦头村关系最好,谅胡适之的本事再大,也不敢不听他妈妈的话,除非他屁股上想吃篾片。我舅舅说起适之的时候,就好像适之曾和他一块儿插过秧,我们心中因此踏实了许多。

后来,我们又看见那群陌生人把一根极长的铁丝沿着那些木桩子一路放过来,大人们就开始糊弄我们,说什么广播要安进村了。问他们广播是什么东西,他们又说不上来——直到后来,我们费了老大劲,好歹弄明白了:所谓广播,不过是一个木匣子里面装了一个男人和一个女人,每天开口说三次谁也听不懂的话,高兴起来还唱几首歌。我们想知道木匣子里的小男人和小女人会不会生孩子,孩子多了会不会挤破那个木匣子,但没有人能回答这个问题,连二痴子的瘪嘴奶奶——那个天上事知一半、地下事全知的老巫婆,也无法窥透这个天机。

日子久了,我们完全是凭着天生的聪明,慢慢对广播有了一些了解,也从木匣子里学会了"阶级斗争"和"结扎"这样的"普通话"了。这使我舅舅觉得很没面子,因为他曾多次说过,只有见过天安门的人才会说普通话。

盛夏时节,放映队又到了我们公社,在河滩上竖起一面大白旗,说是要放电影。村里人几乎全体出动,只留下了二痴子的那个瘪嘴奶奶,因为她不仅要替村里看守屋子,还要看守山上坟墓。大家打着火把,逶逶迤迤地连夜赶到公社,莫名的兴奋和极度的好奇使我们这支队伍看上去不像一群人而像一条龙。

终于,我们这条龙到了公社的河滩上。站在河滩上之后,我们就不像一条龙了,我们改了个模样,我们像一群袋鼠那样踮起脚尖,像一群鸭子那样伸长脖子,从那面大白旗上认识了一个叫李铁梅的闺女。自从见识了李铁梅,结巴鬼他爹——大块头立雄无精打采、垂头丧气了一个多月,原因是人家李铁梅一个闺女家能挑革命千斤担,而他立雄一个大男人,即便憋足了吃奶的力气,也只能挑四五百斤粪。尤其是当大队会计告诉他,人家李铁梅挑的是公斤,而他立雄挑的是市斤之后,大块头立雄从此一蹶不振,也由此开始憎恨女人,尽管他嘴上兀自强硬,一口咬定李铁梅是在吹牛皮,心里却是一点精神也提不起来了。

　　随着新鲜事物越来越多,天也越旱越厉害,逼得县里向天上开炮,说是人工降雨。怎奈老天爷偏偏生就一副吃软不吃硬的犟脾气,你越打炮他越发火,太阳就像一只愤怒的眼睛越瞪越大。

　　老辈人最终决定求雨。人们把一尊金漆剥落的菩萨从一座尘封已久、破败不堪的庙里搬出来,抬到晒谷场上晒了一个中午的太阳。这样做的用意是——老人们说——必须让菩萨亲自尝尝热旱的滋味,菩萨才肯发慈悲。等到菩萨被晒得差不多和烙铁一样烫了,全村人就敲锣打鼓鸣炮开始出发,一路赶到乌龙洞。人们提来一只壳上长有"王"字图纹的千年老龟,让它驮着一个铁秤砣爬向乌龙洞的深处。老辈人的解释是沉睡在洞里的老龙只要一见铁器就会惊醒腾飞,大雨就会随之而来。

　　后来,大雨足足下了半个多月,直到涝情四起还不肯收场,于是人们又开始埋怨大块头立雄,责怪他选择的那个铁秤砣太大了。只有二痴子他奶奶说这事怪不得立雄,因为这属于天上的事,而天上的事只有她知道一半。让人伤脑筋的是:凡是她知道的恰恰又不能说,于是村里人只好你看我我看你,不知该责怪谁好。

　　这是我在出生以后第一次见识求雨,便在心中认定求雨是继打火机、广播、电影、人工降雨之后的又一件新鲜事物。

　　大约是童年的经历把我的脑子弄糊涂了,至今仍留有后遗症。几十年来,面对层出不穷的种种新鲜事物,我总是拙于应付,甚至常常做一些冬行夏令、倒行逆施的事。老人们都在学电脑了,我正开始学毛笔字;女人们都在读《我的奋斗》了,我才开始读"四书五经";小孩子都会用日本话或韩国话唱歌了,我偏偏又迷上了古琴和埙……我什么时候才能与时俱进呢?你们不知道我心里有多着急。

表哥和他的瓜地

天气一热,人闷得难受,就想寻一份清凉,以此排遣心头的火躁,这恐怕是再自然不过的事了。然而细细想来,最能给人以透彻的清凉,乃至于祛热清火疏风化气的,莫过于永驻我记忆之中的家乡的那片瓜地。

瓜地在一片很大的沙滩上,有一条清亮的小河,沿着瓜地的边缘弯弯地绕了一个弧,心平气和地流过去。

瓜地的主人是我的一个远房表哥。说是表哥,其实年纪比我父亲还大,我不知道这辈分是怎么排的,反正这关系是经过反复推敲的,且费了不少周折,错不了。

那时表哥已经有四十多岁了,是个大光棍儿。人家说他讨不到老婆,他说他不稀罕,怕烦。他说女人大都是祸水,毁英雄,败社稷,真正要她们不得。看他说话那神气,仿佛他是个通阴阳保乾坤的要紧人物似的。

每到夏日最炎热的时节,我总是吵着要去瓜地,陪表哥一起守夜看瓜。

夏夜的月亮总是那么明净,清辉铺洒开来,照得瓜地如一片青漾漾的海(尽管我是山里人,那时还没见过海,可我觉得海就像夏夜的瓜地那样)。我和表哥待在搭得高高的瓜棚上,宛如置身于一艘无敌的战舰上,惬意而骄傲地听凭晚风吹拂,将白天留在身上的暑气一扫而净。

我常常是躺在瓜棚上听表哥讲故事,什么"李逵枪挑小梁王""诸葛亮三斗申公豹"等等,直讲得唾沫横飞天花乱坠,两个人都觉得过足了瘾,才一齐静下心来,呆呆地听着远处的潺潺流水和瓜地里的蛙叫虫鸣。

苍穹显得格外深邃、神秘,空气清凉而微带甜意,天上有零散的星星,地下有扶疏的树影,而天地之间,则有着表哥和我。每到这时,便蓦然有一种奇怪的感觉袭上心头,是宁谧?是凄清?是忧伤?是自在?好像都是,又好像都不是,说不清。好在没过多久,这种奇怪的感觉便给模模糊糊的睡意取代了。

在半夜里若是有什么意外的声响,表哥一准会倏然跃起,大声喝道:"什么人?站住!再不站住老子开枪了!"我知道他这是从电影里学来喊着玩的,因为当时极少有人偷瓜,真要有人为了解渴,弄个把瓜吃,算不上偷,表哥也情愿。枪,表哥倒真有一支,是支老土铳,备来防野猪用的,其实也不大顶事儿。据说以前枪毙地主婆的时候,用过这支土铳,连打了七铳,地主婆都没死,民兵也就没有兴趣再打了。那地主婆活下来了,只不过原本漂亮的脸蛋变成了大麻子脸。这支不中用的土铳,在胆小的表哥手中,就更不中用。有一回真的来了两只野猪,表哥吓得两手发抖,没法子往枪筒里灌火硝。所以,表哥只好把瓜棚搭得很高很高,像电影里鬼子的炮楼那么高。

有时我一觉醒来,常常见表哥正痴痴地望着瓜地发呆,满脸说不出的孤寂之色。我不禁会想:他要是有个老婆,可能就不会这样了。曾听表哥说等种瓜种腻了,再讨老婆不迟。可他和瓜地的缘分太深,一辈子也种不腻的。我没法懂他的心思,有一次为了转移他的思绪,我故意找了个话题,我说:"这瓜棚里好是好,就是蚊子太多,咬得人难受。"

"我皮厚,不要紧的。"他回答说,"俗话说皮子厚,肚里有。人呢,好歹得这么活着。"他含含糊糊地说着,站起来,朝着迷蒙的夜空吐气开声悠然唱道:

"我本是……卧龙岗……散淡的人……"

这苍凉的嗓音微微抖动着,朝广阔的四野扩散开去,远远地一直传到山那边,又回传过来。一时间空气仿佛被滤得透明洁净,我便在这声音的波动中摇晃着重新昏昏入睡,除了感觉被一丝幽然的凉意所缭绕,竟连一个梦都不曾有。

炎热的季节便这样被悠然地送度过去。

忽然记起普鲁斯特曾说过这样一句耐人寻味的话,爱情只在记忆中存在。莫非那真正的清凉,竟也只在记忆的瓜地中存在吗?

新年话旧

幼时印象中屯溪的新年,街上远没有如今这般繁华,自然也不如现在热闹了。

记得街上渐渐多了一些彩色气球,车站开始显得拥挤,副食品店门口排起了长龙,各种限量供应的票券在排队人们的手中几乎要攥出汗,不少人一手抓一副春联,一手拎一挂香肠或两盒红纸包(顶市酥),在老街石板路面上匆匆地走着,一些心急的孩子已手持木头手枪,在相互"开火"了……不用说也知道,这是要过年了。

过年,在孩子们的眼里,无异于一个充满诱惑的果子,我们天天看着它由青变黄、由黄变紫,最后,终于来了那么一阵风,把它轻轻吹落在我们焦渴的怀里。

年前,家家都在忙,主要是忙吃的:裹粽子啦,包饺子啦,煮五香蛋啦,做冻米糖啦,应有尽有——民以食为天嘛。那时候的生活比较艰苦,平日里吃不到什么好东西,就指望过年这几天猛吃一阵。有那么几年,不知是谁发明了"做花",很快就在小城里风靡起来,家家都"做花"。所谓"做花",就是把熟山芋和细米粉揉在一起,擀成一张比饺子皮厚一倍的大皮子,然后切成香烟盒大小的正方形皮子,这些皮子经过剪刀剪成特定形状,然后用手指捏合,就成了一朵"花",点上颜色之后,就竞相"开放"。做成的"花"要经过几个太阳晒,晒干了以后,放到油锅里炸,"花"会膨胀开来,宛如灿然地开放。这种"花"很好看,更好吃,香甜酥松,我至今还记得那个味道。晒"花"的时候,盛放"花"的大小箶匾,遍布每一处有阳光照耀的地方——凳子上、桌子上、棚檐上甚至屋顶上,一片一片地灿烂着,真是"春城无处不飞花"的热闹景象。不知为什么,几年以后,"做花"的人家渐渐地就少起来,直至绝迹,仿佛"做花"也如川端康成所说的"美的徒劳"。

外面穿的新衣裤是早就准备好的,要等到大年初一才能亮相。不知道为什么,我母亲总要拖到除夕的上午,才会给我买一条棉毛裤。记得有一年,大概家里实在没钱了,我母亲不知从哪里弄来两块银圆(大概是我外婆传给她的),拿到老街的一家银行去换了两块钱人民币。那家银行是用大麻石砌成的,有点洋味儿,可能是民国时留下的建筑,伫立在老街清一色的徽派建筑中,显得既落寞又孤傲。母亲兑换完钱后,就带我到百货公司去买棉毛裤,例行公事般地让我试大小,不用说是只会大不会小的。果然,一试之后,腰带可以扎到脖子上。可母亲却说:"哎哟,你看,正合适,明年还可以穿。"我心想:后年、大后年还可以穿,只要裤子不破掉,一辈子说不定都可以穿。

不知别的人家怎么样,我们家的瓜子花生,总是在除夕之夜吃完年夜饭以后炒,好像它们有多么贵重似的。这大概是绩溪那边的风俗(我们家是绩溪人),不知有什么寓意。瓜子花生炒熟后,照例由父亲正经八百地给我发压岁钱,并正告我:"在老家,要想得到压岁钱,是要守岁到天亮的。"这意思好像是我的压岁钱来得很容易,没有吃苦。可初一早晨,压岁钱又照例由我母亲合情合理地收回去"保管",这一"保管",便是和那可人的红包永远地"拜拜"了。

天黑下来后,就有一些孩子提着灯笼,跟着大人在街上走。灯笼大概和外婆家极有渊源,因为孩子们嘴里总是在念"打着灯笼找外婆",也有的孩子由于念急了,竟念成了"打着外婆找灯笼",不过这也无大干系,在孩子们的心目中,其意义是相同的。

那时候的天气似乎要冷一些,每逢过年,天老下着雪,地上积雪也厚。一些穿红灯芯绒新棉袄的小姑娘常抱着一只小火笼子,兜里揣着花生、黄豆之类的,正打算找一处有路灯的地方在火笼子里爆着吃。她们一边走一边唱着不知是谁编写的歌:"今天二十八哟喔喔嚯哟嚯,明天二十九哟喔喔嚯哟嚯,后天三十晚啰,家家把门关过年啰……"歌很好听,但我听了有些不以为然,因为此时已经是三十晚了,还唱这歌,用现在的话说,是不是有点"奥特"了?

这稚嫩甜美的歌声一路飘过去,渐渐消散在清冽的空气中,雪地上,便又多了几串歪歪斜斜的小脚印。

真正快乐的日子,是大年初一。这一天,孩子们可以放开肚皮吃,说错了话,做错了事,也不会挨骂挨打。我记得我家对面那个叫立强的男孩,初一早晨一口气吃了八个茶叶蛋、四条年糕,还有一些零碎糕点。结果他肚子剧疼了三天,又拉了四天肚子,一个春节就这样过去了。从此以后,他只要一看见茶叶蛋和年糕,肚子就会疼。

爆竹当然也是要放的,只是舍不得像现在这样一连串地接着放。花五分钱,买一包"二十响",仔细拆开来,独个独个地放,东一响,西一响,尽管零零星星不成气候,可总是证明了这温馨、祥和、喜乐的节日的存在。

童年时关于新年的事,是写不完的,稍稍一想,心中便涌起许多意趣。只是,为什么想起过去的新年,哪怕清苦,却总是美妙的,而每逢现在的新年,即便富足,却总是了无兴致?莫非这新年也像普鲁斯特所说的那样,"唯一真实的乐园是人们失去的乐园,幸福的岁月是失去的岁月"?

唯有脚踏才自行

我对自行车赛不内行,也就不大看。那年看了环法自行车赛,总算知道了黄色领骑衫、圆点衫、绿衫以及阿姆斯特朗这一些知识。第二年又朝电视屏幕上瞄了几眼,所知道的还是这一些,没多大长进。好像听说阿姆斯特朗以前曾患过重病,如今却仍能够坚忍顽强,一马当先,真让人敬佩。法国的风景无疑是迷人的,然而最让我心仪的,却是骑手们胯下那些五颜六色的自行车,它们让我想起了我们的自行车时代。人们都说人老了就喜欢回忆,我还不算老,怎么也喜欢回忆呢?莫非我对新事物已不再感兴趣?抑或新事物对我已不再理睬?

出生于 20 世纪 60 年代的我,童年时期对自行车产生过热烈的憧憬。那时候自行车在孩子们的心目中,似乎比今天的奔驰、宝马更具魅力。我小时候生活在农村,在我们村,只有大队支书的儿子大敢在某一段时间,不知从哪座仙山弄来了一辆快散了架的自行车,不少地方都用细麻绳绑着,有些地方还缠着白胶带。大敢叔每天骑着它在村子里转两圈,有时还骑到田埂上或水碓前去。以前大敢叔制服的上衣口袋里,是别着一支钢笔、一支圆珠笔的,自从骑上了自行车之后,大敢叔上衣口袋里的圆珠笔就不见了,脖子上却挂了一个哨子——因为自行车上没有铃铛,大敢叔逢上要让别人让路,就用力吹哨子。当时给我们的感觉,好像大敢叔正骑着一条龙。

有一次去5公里外的公社赶集,我们是走着去的,大敢叔是骑车去的,结果我们在集市上等了半天,才看见大敢叔扛着自行车满头大汗地赶来,原因是自行车不太听话,一路上脱了十几回链条不算,最后还跟大敢叔生了气,自个儿爆胎了。尽管如此,我们还是很羡慕大敢叔的,毕竟他有一辆自行车啊!但凡村里长得好看一些的女人家,都被大敢叔用自行车驮过啊!谁家要娶媳妇了,还是得请大敢叔用自行车驮着新娘子进门啊!我们呢?我们除了有一双过年才能穿的棉鞋之外还能有什么?我们甚至连自行车上那个爆过的胎长什么样都不知道。

随着电影放映队去村里的次数逐渐增多,终于有一天,大敢叔的自行车被他爹没收了,锁在大队的仓库里。原因是那段时间我们村所有的孩子都改变了人生理想:第一是想长大了娶一个女特务做老婆;第二是长大以后不再想当八路军和游击队员,而是想当汉奸。因为我们在许多电影里都分明看到:凡是女特务都很漂亮,而汉奸常常有一辆自行车,那多带劲啊!

后来我到了城里。上初二那年我爹当上了一个管宣传的副职,公家配给他一辆旧的"永久"牌加重自行车,这使我终于有了亲近自行车的机会。经过一段时间的摸爬滚打,我终于驯服了这辆"宝马"。凭着这个风光,我没法让学校的女生不注意我,所以我只好提前体验了恋爱。结婚那年我动用了整个家族的力量,费了"十牛三虎"之力,总算买着了一辆"凤凰"牌自行车。我本想用这辆车把新娘驮到新房去,可惜那时候世风变了,改用汽车了,且喜欢把嫁妆摆在敞篷汽车上,绕城三匝。这使我觉得很难受,一直难受到今天。那时候的自行车有三大名牌,它们是"凤凰""永久"和"飞鸽",大都是 28 寸的,加重型的,尽管笨重,然而实用,好比杨过手中的玄铁重剑,重剑无锋,大巧不工,一个新娘想必还是驮得起的。

  必须声明一句:那时候的自行车不叫自行车,叫脚踏车。我至今还认为,叫脚踏车应该更贴切。没有脚踏,怎能自行呢?就像美国一首歌谣里唱的,"唯有孤独才自由",没有孤独,怎么自由呢?

阿米尔，冲

少年时候我得以在一个"老院子"里长大，真是三生有幸。每当别人问我家住何处时，我总会不由自主地一仰骄傲的脖子，说："老院子！"那得意的神态，好像老院子就等于中南海似的。我的骄傲是有道理的，因为老院子里有三家单位：一是教育局，二是文化局，还有一家全市仅有的电影公司——这正是我的骄傲所在。

那时候买电影票是要排长队的，女售票员在普通百姓眼中无比伟大光荣。当时我和小伙伴们几乎一致认为，普天下只有我们可以不把电影售票员当回事，因为凡是在电影院里上映的片子，我们都早在电影公司的试映厅里看过了，甚至看了好几遍，而且都是不用花钱的。还有一些没有被"解放"的禁片，我们偶尔也能看到——因为电影胶片在雨季容易发霉，所以迫使保管员不得不在放映机上翻来覆去地放电影，说是"晒片子"。我们看了许多他们晒过的片子，其中不少电影人物在银幕上都是颠倒的，头朝下脚朝上，这就使得一些顶天立地的英雄人物变成了立天顶地。幸亏我们天生就绝顶聪明，我们倒立在地面上观看银幕，总算使那些英雄人物恢复了英雄本色,重新变成了顶天立地。

我们和电影亲近得太多了,于是我们的日常用语也就有了台词的味道。即使我们在用弹弓打鸟的时候,我们也要说:"打一枪,换个地方,不许放空枪!"即便有谁不慎踩着了狗屎,他也会说:"不好,同志们,我踩着地雷了。"需要伙伴帮忙的时候,我们会高喊:"张军长张军长,我是李军长,快拉兄弟一把!"当我们觉得某个家伙不顺眼,必须教训他一番时,我们毫无例外地要先对他说:"我代表人民,判处你的死刑!"然后开始用雪球扔他。田华曾主演过一部影片,叫《秘密档案》,我们没有被田华迷住,却被影片中那个说"谁火、火、火……火啦?"的结巴特务给迷住了,结果是整整一个夏天,老院子里的孩子几乎个个都成了标准的结巴……

慢慢地我们长大了一些,政策也更开放了一些。我们渐渐地在银幕上认识了五朵金花,认识了阿诗玛……我们没有心思再去模仿台词了,我们开始为银幕上那些美丽的姑娘怦然心动,紧张得说不出话来。我们的心目中,扮演阿诗玛的杨丽坤是天下最美的姑娘,直到明星比萤火虫还多的今天,我仍一厢情愿地这样认为。后来,在我们看了《冰山上的来客》之后,就有些蠢蠢欲动,开始想追逐女孩子了。我们可不管那女孩是真古兰丹姆还是假古兰丹姆,只要谁看上了一个女孩却缺乏追求的勇气时,我们就会异口同声地朝他喊:"阿米尔,冲!"

再后来,我们到了结婚的年龄,当有人缺乏进入婚姻的勇气时,我们还是会异口同声地鼓励他:"阿米尔,冲!"

当有人遭遇了不幸的婚姻,想逃脱樊笼而又顾虑重重、痛苦不堪之际,我们会拍拍他的肩膀,嘟囔着说一句"阿米尔……"接下来我们就不知道该怎么说了。

永不消逝的"电吻"

这个关于吻的故事发生在20世纪80年代初。

那会儿我们正在念大学。我们嘴上成天说要抓紧时间多获取点知识,实则心里却整夜地在渴望着爱情的到来。那个年代恋爱不像现在这样方便——那时候甚至只要一提到"爱"这个字眼,我们的脸就会烫上一阵子。

然而天下总会有一些脱颖而出的人。我们同宿舍的同学阿拜,在经过了近两个月的辗转反侧后,终于"敢为天下先",当众宣布他已进入了初恋状态。阿拜本不叫阿拜,因为他开口必谈拜伦,最后大家就索性喊他阿拜了。在那个时候,阿拜实在称得上是一个"先锋派",阿拜的言行举止,处处透着潇洒而略带伤感的意味,除了逢人就大谈19世纪浪漫主义文学之外,还有一项业余爱好,那就是每逢细雨霏霏的时候,他总是要背起别人的吉他,独自到操场上去默默地走上几圈。尽管他对吉他一窍不通,也不知道乐器最怕淋雨。他只管他自己的感觉,而那种感觉好像再也准确不过,弄得大家都很受感染,只是苦了那把吉他的主人,因为他是俭省了一年多的饭菜才买了这把吉他的。

阿拜"进入初恋状态"这一消息使大家都开始莫名地兴奋,兴奋到最后,好像自己也"进入初恋状态"了。据阿拜交代,他的恋人正在外地的一所大学读大二,那是一个遥远的地方,像王洛宾的歌里唱的那样遥远。他们俩在火车上一见钟情,然后就是缠绵悱恻魂牵梦萦一日不见如隔三秋什么的,在阿拜的渲染下,我们仿佛面对的不是阿拜的初恋,而是顾城和谢烨的初恋。

有一天阿拜突然想起恋人的生日就要到了,他决定要在这个大好的日子里吻恋人一次。然而两人远隔千里,"物质之吻"显然是不可能了,于是,阿拜决定给恋人一个"精神之吻"——他匆匆赶到邮局,要给恋人发一份加急电报。

当阿拜正要在电报单上写下"吻你"的字眼时,他突然有些踌躇了。他毕竟还没有潇洒到这个程度,能够勇敢地把这样赤裸的字眼写在电报单上,然后交给发报员。再说,恋人那边接到了这份明目张胆的电报后,她的同学们会怎么看呢?阿拜苦苦思索了一刻,突然灵光一闪,在电报单上工工整整地写了4个字:口人勿尔。

第三天下午,我们宿舍里收到一份电报,是从一个遥远的城市发给阿拜的。当时阿拜不在,我们大伙儿拜读了半天,仍是破译不了电文的含义——电文上写着:吕已收到回了又回。

当天晚上学校包场看电影,影片是孙道临主演的《永不消逝的电波》。在观看这部电影时,我们发现阿拜十分反常——我们不理解,在观看这部壮怀激烈、感人至深的革命影片时,他一个人捂着嘴味味地笑什么?

小华山琐忆

从小华山迁居到沙洲新村,算算恰好有一年了。

沙洲新村的环境当然是很美的。我住四楼,俯视有悠悠碧水,平视有屯浦归帆,仰视有蹁跹白鹭。情趣浓郁的人,只要一上我家阳台,便忍不住要抒情。照实说,面对沙洲新村周遭的美景,我自己也想抒情,只是每到要抒情时,就不由自主地想起小华山,于是那情才抒到胸口,就倏然打住,再也抒不上来了。

我苦于没有喜新厌旧的洒脱,常常是新的喜欢,旧的照样依恋,于是在有了沙洲新村之后,每每还想起小华山。这对于我,当在情理之中,只是容易使心灵更加劳累罢了。

小华山有十几二十栋平房,零星地散落在山上。因为要筹建国际大酒店,绝大多数人家都搬迁了,我去住的时候,只有两三户人家和一个筹建组在那里听蝉声。

我住临江的一排小平房,正前方是两座矮山,山头上有二十几株消瘦而孤傲的松树,右前方是一湾江水,不紧不慢地流着。这条江叫横江,不一会儿它就要和率水汇合,形成新安江了。有一个黑黢黢的捕鱼人,用细竹枝从此岸到彼岸拉了一道栅栏。我惊奇于这项伟大的工程,用力在心里估摸这栅栏有多长,且为此大伤脑筋。现在想来实在可笑,连骂自己愚笨透顶——其实只要知道横江大桥有多长,就可知道这细竹栅栏有多长了。

岭下一带的乡民管小华山叫洋人山。几天以后我才知道,这山上曾住过葡萄牙或西班牙或别的什么牙的传教士,洋人山因此而得名。但我觉得这名字有些煞风景,纵然洋人曾在此山住过,也大可不必把它叫作洋人山的,譬如花溪饭店常住洋人,总不至于要被叫作洋人饭店吧?——我看不会。

山顶上还遗存着两栋大石块垒成的房子,在一片竹林的掩映下焕发着神秘庄重的色彩,据说当年什么牙的传教士就住在这石头房子里。我进去看过两回,里头黑且阴冷,全然没有我想象中那种宁馨的天国氛围,倒更像是古时战争中的石堡,多亏那一片竹林,才遮去了石堡的一些森然。

从山脚到山顶,有一溜漫长而蜿蜒的石阶,石阶由五花八门、各式各样的石块组成,其中有一块乌黑的石头最惹眼,看上去像一块碑石,上面依稀有模糊的字痕,经暴雨冲刷之后,隐约可找到"花山"的字样。我便疑心这小华山应该是叫"小花山",后骤然想起王安石在《游褒禅山记》中曾有过类似的认真,便哂然一笑,抛诸脑后了,颇有股子不屑雕虫的神气。我想王安石除了是文学家之外,同时还是政治家、改革家,凡事当然要精细一些,至于我,则大可不必如此计较。既然大家都叫它小华山甚至洋人山,我又何必无事生非?更何况西岳华山名头极响,那么以"小华山"命名的山峦理应不在少数,趋炎附势随波逐流是世风,山也不例外,得宽松处且宽松,只要不叫它洋人山,也不算失节。

那块黑色碑石少说也有七八百斤,它在一个雨夜被人窃走了,只剩下碎裂的一角被我拾得,藏在家中。渐渐就有了传闻,说那块碑石竟是一块名贵砚石,值上百万。我不由得暗自窃喜,自忖拾得的那一角砚石,说不定也值个万儿八千的。后偷偷找了一个精通砚石的朋友来看,他竟残酷无情地正告我说:"这是一块普通的黟县青,别做你的发财梦了!"

发财梦后来还是常常做,因为据传说义和团造反时,传教士措手不及仓皇而逃,曾埋了不少黄金在山上,为此我每到为钓鱼挖蚯蚓时,便忍不住要往深里挖,巴望能侥幸一锄挖出一个金窖来,可惜锄刃所触皆是软泥,不曾遇见半点坚硬的、有黄金感觉的东西。后来有一回为腌鸭蛋挖黄泥,终于挖到了一件坚硬的物什,慌忙激动中抠出来一看,竟是一截白森森的骸骨,不由得骇出一身冷汗,发财梦也就此化作冷汗,彻底淌了个干净。

心稍稍安静了一些,就开始读书,写小说,过着深居简出的生活。累了,就去江边钓鱼。原本不指望这一湾江水中会有多少鱼的,纯粹是为了散心,才去钓。没想到第一次漫不经心、毫无指望的试钓,竟在极短的时间里钓起十几条三四两重的鲫鱼。第二天一早又去,指望有大得,整整守了一天,却是一条鱼也没上钩。钓鱼这玩意儿,玄得很!

小华山的居所,环境十分幽静,对于读书写作,是再合适不过了。春天一到,除了映山红,就数野草莓最多,东一片西一片。山上没有小姑娘,所以几乎无人采摘,野草莓也就那么自由自在地一直红到初夏。坦白地说,我是摘过几颗的,怕遭人笑话,没敢承认。此外,还有漫山遍野的油菜花、破土新生的竹笋、身着红衣裳在远处挑马兰(马兰头)的小姑娘,都很让人着迷。我为此还写过一首歌,名曰《挑马兰的小姑娘》,献给一位朋友的小女儿过生日(那时实在没钱买生日礼物),大家都叫好。后来我的那个唱专业小生的弟弟对我说:"得了吧,你这歌根本不合辙。"我一听羞个半死,嘴里却分辩道:"什么合辙不合辙嘛,关键是声由心生、由情出,才最重要。"

遇到大好的天气,早晨天刚亮的时分,常常可见一股奇怪的雾气从山谷里漫出来,凉丝丝的,沁人心脾。有一个写诗的朋友,称它作"红色的朦胧",另有一个懂气功的朋友,则说是"紫气东来"。总之他们都把小华山看作一块风水宝地,尤其是那位懂气功的朋友,硬说这一带气感强,磁场感应绝妙,于是动辄微合双眼,双臂做抱球状,朝我家对门的两座小山采气,一采就是两个时辰,根本不搭理我。等到我明白他是来采气的,不是来睬我的,就学着他的样子开始采气。自那以后,我就变得越来越瘦,难怪后来朋友们要戏称我为"小华山道长"。

小华山静是静,但绝不是死寂。声音也是有的,或风声,或鸟啼,或虫鸣,或蛙叫,或农人的吆喝,俱是天籁浑成,于虚静中给人一份踏实的感觉。最要说的是鸟啼,早晨百鸟齐唱,热热闹闹欢欢喜喜,真正是清脆悦耳婉转动听。到了晚上,就听见另一种鸟叫,声音便不那么好听了,甚至十分难听。我妻子特别害怕听这种鸟叫,她疑心这是冤鬼在哭喊。我却不这样认为,在我看来,若是冤鬼的哭喊,其声音应该是凄厉的,而传入我耳中的声音,则分明有悲壮激越的感觉。我对妻子说:"那是一只在夜间呐喊的、无人理喻的、孤独的怪鸟。或许就是鲁迅先生所说的鹗鸣。"

  自从有一天下午,我猛地被一声炮响震醒,小华山便失去了它那能使人生发定慧的宁静。之后,这炮声天天在响,时不时震得我魂飞魄散。起初,我意识到这是开山采石的炮声,但我不知道,也不愿意知道这居然是开采我家正前方的,那两座长有二十几棵消瘦而孤傲的松树的小山的残酷的炮声。

  我看着小山被一块一块地炸开,石头被一车一车地运走,松树一棵一棵地倒下,宛如看见一只恶毒的手正向我的喉管一寸一寸逼来……整整几个月,我无时无刻不在体味着那种撕心裂肺的痛苦。直到去年六月,当小山将被掏空,松树所剩无几的时候,我搬家了。我如同一个被毁了道观的道士那样,怅然告别小华山。

  搬家的那天,几只燕子跟在我们车后飞,但到了沙洲新村,只剩下一只了,其余的大概是在途中飞散了吧。它们本来是在小华山我家的小平房檐下筑巢的,不知怎么也有了迁居的念头,且把希望寄托于我,以冀能跟随我去寻一片新的净土。

  那只孤单的燕子围着我的新居飞了几天,就再也不见踪影,想来一定是找不到落脚安居的地方,便飞走了。

  这只灵慧的燕子,给我和我居住过两年的小华山留下了梦一般的尾声。

沙洲新村忆语

沙洲新村现在已经不是一个村了,是一个当下看来显得比较老旧的小区。然而在三十多年前,这里确乎是一个村,叫黎新村,属于屯溪区历史最悠久的黎阳镇。

那个时候,沙洲新村是横江边的一大片沙滩,每年随着四季的更迭,交替生长着各种菜蔬,偶尔有那么一两个格外炎热的夏天,沙滩上悄悄地冒出了西瓜,在夏夜里听流水、看月亮,并微笑着。

那个时候,屯溪区叫屯溪市,听上去要威武很多。不知是哪一天,一些人看中了黎新村这块风水宝地,于是,在这里建起了屯溪市的第一个小区,小区被命名为沙洲新村,颇有些乡村牧歌的意味。沙洲新村现在是老了,居住在这里的,也几乎以老人为多,然而想当年,这里可是人人艳羡的所在。

沙洲新村在"镇海桥"的西头,因为这座端庄敦厚的石桥始建于明代,当地人更喜欢称之为"老大桥"。横江从老大桥下流过,在不远处与率水相携,遂开始了新安江的风流。自北而来的横江和自西而下的率水，把沙洲新村和周边的区域拢成了一个小小的半岛，在雨天里，倘若恰逢人少，独自徜徉在这里，就会有无数梦境飘忽而来。这是一种只可意会不可言传的感觉，你会觉得醺醺然、飘飘然，乃至于觉得脚下的土地在微微地摇晃飘移……无怪乎当年作为"屯溪八景"之一的"屯浦归帆"会在这里形成。

现在我们大致可以领略到这片地方的美妙处了。

沙洲新村这个小区，因为建得早，所以全然没有当今小区那般的精致或矫饰，只是一味地简单、朴实，有点"质胜于文"的味道。小区内道路纵横交错、四通八达，既没有栅栏围护，也没有门岗、保安，这就使得过往人多，增添了生动的人气；又因为所居住的多为老人，生活的节奏自然就显得和缓从容，因此透露出宠辱不惊和安顺静好的气息。还有一个有趣的现象，凡是住在"镇海桥"以西的人，都喜欢称自己是"黎阳人"或"乡下人"。某一年，我有幸从桥东边搬迁到桥西头，做了不少年的"乡下人"。

小区内的树，因为种得早，如今是一派的高大茂盛，因此各种鸟儿都喜欢来这个地方，所以居住在沙洲的人每天醒来，一定是被鸟儿喊醒的。说到树，最让人喜欢的，还是横江边那一排老垂柳，尽管树身已经老得皴裂斑驳了，然而每到春天，照例抽出柔枝嫩叶，在水天之间摇曳，一下子就带出了《小雅·采薇》的情绪。让人动心的，还有夹杂在柳树行中的两株桃树，一到三月，她们就像突然被吵醒了，花儿以初恋般的热情绽放枝头，开在老柳树的绿丝绦间。一个是杨柳依依，一个是桃之夭夭，真正是风流蕴藉。我曾折过两枝桃花，作为生日礼物送给我的妻子。后来我知道我做错了，因为桃花的爱情是属于柳树的，是千年约定的"桃红柳绿",跟人间的"桃花运"没有一点关系。

然而……然而不知从什么时候起,这两株桃树不见了。她们去哪儿了呢?

三年以后,原先桃花盛开的地方,搭起了一个简易小棚,小棚外竖了一块小木牌,上面写着"理发"二字。没过多久,简易小棚拆除了,理发铺搬到了小区里面的一个小店面里,和一家裁缝店相邻。这一次,竖在理发店门口的牌子上,写了四个字:老柯理发。显得很有自信。

不久,我就认识了那个叫老柯的理发师傅。

老柯是名副其实的老理发师,我认识他的这一年,他有六十六七岁了。若是论他的理发资历,则更老,因为他十二岁就开始了理发的营生。老柯的理发技艺是有家学渊源的,袭自他的父亲。每当谈到他的父亲,老柯的兴致就特别高,感情也特别深切。从老柯的口中我得知,他的父亲不仅理发技术精湛,武艺也很高强,且仗义疏财,酷爱读书,还喜欢书法、说书和戏曲,是一个江湖奇人。好几年以后我才知道,老柯口中的这位父亲,是他的养父,而他的生父,在老柯出世不久就去世了。老柯说他是跟着养父长大的,养父待他特别好,他跟养父也特别亲。

老柯体态微胖,面色红润,脸上永远是笑眯眯的,言语也温文和悦,因此很多人喜欢跟他聊天。又因为老柯的理发技艺实在是好,所以他有一批固定的老顾客,不论老柯辗转到哪里经营,他们都会不计遐迩地摸上门来。他们习惯了老柯的传统理发手法,也习惯了坐老柯那张民国时期的老剃头椅,更何况老柯的收费很低,只收市场价的一半。须知老柯在理发史上是有过辉煌的——

20世纪50年代末,老柯(当时还是小柯)作为业务尖子,被选拔到黄山风景区,专门为来自全国各地的大领导理发。

渐渐地,在沙洲新村,老柯的小理发店,成了一个人文荟萃地。小店里的旧沙发上,放了很多报纸杂志,不少清闲的人,常常喜欢来这里,一边翻看报刊,一边和老柯聊天。老柯还在小店门口摆了两张小象棋桌,免费给大家玩耍。老柯手头没活的时候,也喜欢站在棋案旁边,笑眯眯地看着他们对弈厮杀。若逢上下雨天,门口不能摆棋案,恰巧一段时间里又没有顾客光临,老柯就会捧着一个茶缸,自己对自己唱戏。老柯会唱的戏很多,不仅会唱京剧,还会越剧和黄梅戏。我听他唱过《贺后骂殿》里的老生和《天仙配》里的董永,真好。又一次在给我理发的时候,我赞叹老柯的理发技术高超,老柯不无骄傲地说:"我的全家,就是靠我的这把剃头剪子。"

在我的心目中,老柯真是一个幸福的人,靠手艺吃饭,与世无争,有着自己的兴趣爱好,诸事安遂,多好。尤其是老柯吃午饭的时候,就着一点简单的饭菜(饭菜是早上就从家里带来的),喝半斤黄酒,哼几段戏曲,一派的逍遥自在,使得我都很想学理发了。

后来,老柯的小店里又出现了新物什——一张张写满了毛笔字的宣纸和毛边纸冒出来了,其中有别人写给老柯的书法作品,也有老柯自己的书法习作。于是老柯的小理发店,一大半变成了书法展示厅和书法练习室,笔墨纸砚一应俱全。老柯说,其实他最大的兴趣,是在书法上,可惜写不好,没有在临帖上下过深功夫。

有一次,我在理发店内张挂的字幅中,看到了一张我很喜欢的字,就问老柯:"这是谁写的?"老柯说:"我儿子写的,好多年前写的。"我感到有些意外,就问:"你儿子写的?写得真好,他现在在哪儿?"老柯朝门外看了看,哑着嗓音说:"他去世了,二十七岁。白血病。"随后老柯又补了一句,"他二十几岁就是省书法家协会会员了。"我的心猛地被堵住了,一时说不出话来。停了一会儿,我说:"天妒英才,没办法。你就一个孩子吗?"老柯说:"有三个儿子,这是老二。老三也很聪明,想不到二十一岁的时候,也生病去世了。现在只剩下老大了,下岗在家里。"

我被一种莫大的辛酸所笼罩,同时对老柯充满了感怀,脑子里慢慢浮现出"天命之谓性,率性之谓道"这样的句子,心想老柯才是真正的高人,是彻悟了顺生论的达人。我不敢去看老柯此刻的神情,目光停留在悬挂在墙壁上的一幅字上,那是著名画家叶森槐先生写给老柯的,内容是:高手事业,顶上功夫。

老柯今年七十四岁了,还在理发。老柯老了,和沙洲新村以及横江边的垂柳一样,都老了。然而他们的心里,依稀都还开着三月的桃花。

舞厅边裁

二十多年前，舞厅还是一个新鲜事物。我一直没有学会跳舞，但只要有机会，我还是很愿意去舞厅坐一坐的。

我喜欢找一个幽僻点的地方坐下，最好能背靠窗户，因为这样更能使我感觉到夜晚的情绪。假如舞厅的位置较高，随意朝窗外看看，仰视有寂静的星星，俯瞰有幽明的灯火，若恰巧碰上夜风拂来，那么，心，就会被一缕情丝牵着，放得很高很高了。既不是列子"御风而行"那样的清高，又不是苏子"琼楼玉宇"那样的高寒，而是一种杳杳忽忽、无着无落的缥缈，颤抖着，如同被一声叹息吹向半空的纸片儿。

灯光打出来了，音乐声响起。男人们和女人们双双在舞池里旋转，一曲方罢，一曲又起。舞者们极力把持住内心的兴奋，尽可能地显示优雅，由此而形成的那种柔和的悸动，在舞厅的空气中扑扇着微醺的热风。

转盘灯、转球灯把人们的脸忽而变成紫色，忽而变成蓝色或白色。碰巧的时候，他们的脸是绿色，而身体却是红色。这是一个忧郁的瞬间,仿佛暗示了人类那种无可奈何的、深沉的悲哀,让人想起马蒂斯的油画《舞蹈》。剧烈的舞步有时会配以频闪灯,在那骤明骤暗的强光闪烁中,舞者的身形如幢幢怪影,诡异之极,其感觉类似伯格曼在《第七封印》中展示死神舞蹈的那一幕情绪蒙太奇。

我总觉得,男人跳现代舞似乎不那么好看,相对来说,女性要显得协调优美一些。尤其是伴舞女郎的出现,曼妙的身姿加上貌似冷漠的面容,在灯光音乐中飘浮,使得极为洗练的悲哀涂上一层梦幻般的馨香的色彩。每当此时,我不禁会莫名其妙地想起《伊豆的舞女》《雪国》等诸如此类的小说。倘若神思再散漫一点,则会想到中国古代的"绿腰"舞、"霓裳"舞,它们该是什么样子呢?公孙大娘的"剑器浑脱"和洛水仙子的"凌波微步"又是怎样一种情景呢?

适合男人跳的舞想来也是有的,或曾经有过。据说古罗马的伊特拉斯坎舞就非常适合男人跳,中国史书上载的"昔葛天氏之乐,三人操牛尾,投足以歌《八阕》"的壮观场面,大概也是属于男人的舞蹈吧,只可惜现已失传,男人们只好扭扭捏捏了。

至于舞曲,那些流传已久、沁人心脾的经典曲子自不必说,偶尔有一些散曲,也分外动人。有一首萨克斯管演奏的曲子,叫作《悲伤的电影》,曾深深地打动过我。它是悲伤的,又是平和的;是悠远的,又是贴心的。像记忆中某个夏日的微笑,忽然又被黄昏的风吹回来了,从脸颊旁滑过,然后又不见了——音乐是抓不住的,但在你孤独的时候,它会回来。

有一次,在广州某一家舞厅,有一个看上去很孤单的姑娘,邀我跳"贴面舞"。我心里极想试一试,因为不会,终于没敢上场。后来我发现所谓的"贴面舞",不过是俩人轻拥,随心移步,就开始后悔,但已经晚了……那位姑娘,不知现在何处。

我不会跳舞,去舞厅干什么呢?悄悄地看着?悄悄地听?

会跳舞的人,去舞厅干什么呢?跳舞?

第二辑

戊戌正月於
滬上黄冑寫

可怜董小宛

在我想来,董小宛应该是个仙女,而不是妓女。可恨造化弄人,偏偏让她做了艺妓,十几岁就名扬秦淮乃至名噪东南了。余澹心在《板桥杂记》中,对她的冰雪天姿和幽清气韵,有过这样的记叙:"天姿巧慧,容貌娟妍。七八岁时,阿母教以书翰,辄了了;少长顾影自怜,针神曲圣,食谱茶经,莫不精晓。性爱闲静,遇幽林远涧,片石孤云,则恋恋不忍舍去。至男女杂坐,歌吹喧阗,心厌色沮,意弗屑也……"根据这般描述得来的想象,小宛应该是凌波仙子而不是风尘女子吧?她应该是居住在藐姑射之山而不是委屈于青楼之中吧?——唉,天地不仁,没有道理可讲。

董小宛十九岁时嫁给了冒襄做小老婆。不是想冒襄替她赎身,而是她真心爱着冒襄。冒襄当时三十多岁了,是明末清初文坛上的大腕,学问挺大,气节也有,艳福更是不浅,据说曾经和足以与江山比娇的陈圆圆小姐有过一腿,后来……天上又掉下个董小宛,你说冒襄福气好不好?好得简直让吾辈生气!

董小宛嫁到冒家之后,可谓尽倾心力任劳任怨,事无巨细皆自承担,除了做小老婆之外,还要身兼秘书、保姆、护士、家庭教师等数职,而且做得极其出色。董小宛的动人之处和感人之事一时半会儿说不完,有空可以去翻一翻《影梅庵忆语》。

董小宛的书法曾遍临钟繇诸帖,后又习《曹娥碑》,日写数千字,不讹不落。单凭这个功夫,如果现在要申请加入中国书法家协会,大概不成问题吧?董小宛"阅书无所不解,而又以慧解以解之",不仅对王建、花蕊夫人、王圭三家宫词深有心得,乃至对《楚辞》,杜甫、李商隐等的著作均能熟读成诵,甚至痴迷到怀抱数十家唐诗而眠。以这样的求学态度和学识水准,搁到当下,应该可以申报副高或正高了吧?小宛只做了冒襄两个孩子的家庭教师。小宛能够帮助冒襄汇编四唐诗,稽查抄写校阅装订一概是她,这恐怕会使当今的一些编审感到心虚吧?董小宛还编著过一本书,叫《奁艳》,这本书我至今没见过,据说极其有趣。倘遇读过这本书的有缘人,肯否借我一阅?至于董小宛的曲艺歌舞……那曾是她的专业,还用说吗?另外还有一件事,我想说一下——

因为发生了战乱,冒襄一家人逃亡在外,不意破船又遇顶头风,冒襄忽然病倒了,一病就是半年。在此期间,小宛仅卷一破席,守护在冒襄床边,悉心照料,无微不至。汤药亲手喂自不必说,甚至以目鼻接近冒襄的粪便,细察色味以观病势。冒襄因久病而失常性,时发暴怒,而小宛总是温慰曲说,极力让冒襄开心,几个月如一日,竭力照拂冒襄,自己则每天只吃一餐粗粮,乃至星靥如蜡,弱骨如柴,最后其他家人也不忍心了,要求暂代小宛护理一段时间,好让她休息一下。小宛却怎么也不肯,她说:"我愿意竭尽心力,以殉夫子。只要夫子活着,我即便是死了,也像活着一样。万一夫子有何不测,我活着又有什么意思呢?"——这就是可敬的董小宛!然而……然而当冒襄带一家八口准备逃难之际,冒襄害怕人多拖累,竟然打算把小宛丢在一个朋友家不管了。当冒襄将这一计划告诉小宛时,你猜小宛怎么说?她说:"你只管去吧,全家人都靠你呢。莫挂念我,我就跟着你的朋友,若能苟全性命,誓将滚爬着等你回来,万一遭遇不测……前些天我们不是一起观看过那片大海吗?狂澜万顷就是我的葬身之地!"——这就是可怜的董小宛!

董小宛的才太高了,董小宛的心太好了,董小宛的命太苦了……

董小宛陪伴了冒襄九年,死了,死时二十九岁。冒襄倒是长寿,活了八十多年,真不知道他怎么还有心情活那么久?

董小宛的死因,有好几种说法,在这里我就不说了,说起来怪难受的。

我闻柳如是

今年春节期间,有一位经营古玩字画生意的朋友,在一次闲聊中,他以隐透商机、又不无卖弄意味的神情问我:"清朝有一个人,叫柳如是,你知道吗?"我不明白他发问的意思,望着他没吱声。他的声音突然拔高:"她的字画现在在拍卖会上,价钱高得要命!"我说:"你要有钱就赶紧买,否则将来更要命。"我的朋友几乎要嚷嚷起来:"你知道吗?她是一个妓女啊!"我调侃地说:"别的我不知道,妓女我还能不知道吗?中国历史上的大才女,往往出自妓女,因为妓女不受'女子无才便是德'这句鬼话的束缚,资质未损,一旦触发灵性,激活慧心,就会焕发出不可思议的才情。"我的朋友疑惑地看了我一会儿,眼光渐渐开始游离,不知想到哪里去了。

有关风尘女子,余怀在《板桥杂记》里记载了不少,独独没有将柳如是列进去,大约是柳如是的才情太高,余怀不忍心让她混迹于"三陪"的队伍中。

柳如是出身贫苦,为生活迫,先做婢女,后做妓女,然而天赋异禀,二十岁上下,就诗词成家,书札可以比晋人杂帖,才高一时倾倒大方。其成就,是古今教育家都难以解释的。她才高的另一证明,就是她走访半野堂,才学震动了当时的文化权威钱谦益。后来,钱谦益为柳如是建了一栋小别墅,叫"我闻室"。这实在太妙了,因为只要打开佛经,常常见到的第一句话每每是"如是我闻"。于是我佛慈悲,让有情人很快成了眷属。

柳如是和钱谦益生活在一起,自然是风光旖旎相映成趣的,这不在话下。最叫人惊异乃至敬佩的,是在甲申年(1644)满族十几万军队入关,夺了朱家的江山后,柳如是曾力劝钱谦益以身殉国,不做亡国奴。怎奈钱谦益宁屈不死,柳如是也就只好陪他活着,等到钱谦益病死以后,柳如是却殉了钱谦益而去,时年四十七岁。

《中国美术家名人辞典》里如是评价柳如是:"……博览群籍,能诗文,善书画。书得虞、褚法。白描花卉,雅秀绝伦。间作山水石竹,淡墨淋漓,不减元人……"凡是懂书画的人都知道,"雅秀绝伦"和"不减元人"是一个多么惊人的概念。

我曾在一部《书法神品》中见过柳如是的墨迹,是一副对联,联文为:"日觳行天沦左界;地机激水卷东溟。"看了这幅作品,能让人感叹三个月。与这副对联排在一起的,还有一副对联,是薛素素(也是名妓出身)写的"但将竹叶消春恨,应共桃花说旧心。"字亦极劲秀动人,然而与柳如是的一比,不免逊色,缺少了蕴藉。

我们该怎么称呼柳如是呢?让我们来看看她的名字吧——她本姓杨,名爱儿,又名因。后改姓柳,名隐,又名是,字如是,号影怜,又号蘼芜君……多么美丽的名字啊!

许多美丽的人事都消失了,因为太美了,所以消失了,只能想想而已了……尽管徒劳,但我愿意。

苏小小片断

记得胡适曾说过一句话,大意是:在中国的历史上,那些最聪明的、最有性情的女子,往往都做了妓女。这话听了让人有点心酸,有点不是滋味,然而仔细想想,却又不无道理,这就格外让人感慨。

杭州的苏小小墓是大多数人都知道的,历代的文人骚客,凡是去西湖寻梦,免不了都要到西泠之坞,在苏小小墓前缅怀一阵的。苏小小的档案,在张岱的书中可以查到:"苏小小者,南齐时钱塘名妓也。貌绝青楼,才空士类,当时莫不艳称。以年少早卒,葬于西泠之坞。芳魂不殁,往往花间出现。"

这段文字使我既欣慰又沮丧,欣慰的是苏小小的芳魂居然还往往在花间出现;沮丧的是粗俗鄙陋一如我者,恐怕是没有福气得见她的芳魂的。所幸的是,苏小小的诗词我们还能读到:"妾乘油壁车,郎跨青骢马。何处结同心,西陵松柏下。"这样极具《古诗十九首》精神的诗句,竟然出自一个年少妓女之手,我们除了惭愧之后而后惋惜、惋惜之后而后伤心之外,还有什么办法呢?还有什么脸面见人呢?

另外还有一首缠绵痴绝的歌词,叫《黄金缕》,也是苏小小唱出来的,我们不妨一起来听一听:"妾本钱塘江上住,花落花开,不管流年度。燕子衔将春色去,纱窗几阵黄梅雨。　斜插犀梳云半吐,檀板轻敲,唱彻《黄金缕》。望断行云无觅处,梦回明月生南浦。"——可惜我们只能见其文,不能聆其声了。

不过,真正痴情的好男子,还是能够听到苏小小的歌声的。宋代就有这么一个人,叫司马才仲,跟苏东坡是朋友,有一回在梦里见到一位绝色美女挥舞着轻纱唱歌。才仲就问:"你是谁? 叫什么名字?"美女说:"我是西陵苏小小。"才仲又问:"你唱的是什么曲子?"美女回答:"《黄金缕》。"

五年以后,才仲把这事告诉了他的上司秦少章,秦少章诧异至极,随后建议说:"苏小小的墓如今就在西泠,干吗不去酹酒凭吊她一番呢?"才仲依言而行,果真就去了。当天晚上,苏小小又到才仲的梦里来了,与才仲同床共衾,表示愿意以身相酬……可感可叹的是,才仲从此幽昏恍惚了三年,后来死了,葬在苏小小墓侧。

读者朋友,你觉得这段旧事怎么样? 有何感受? 嗨,真没劲!

明月几时有

在明末金陵的诸多名妓中,王月可说是被埋没的一位。她没有依附于曲中旧院出风头,而是自甘于珠市曲巷里讨生活,其声名自然不能和董小宛、顾媚之辈相比。总算余澹心有心,在他的《板桥杂记》中,还是把王月附在了卷尾。

王月,字微波,据余澹心的描述,说她是"颀身玉立,皓齿明眸,异常妖冶,名动公卿"。崇祯十二年(1639)七月初七,由思想家、科学家方以智发起,在他客居的水阁举办了一场——用今天的话说,可算是"金陵小姐大赛"或"金陵小姐才艺大比拼",结果是王微波力压群芳,为"珠市队"获得一枚金牌,使得"南曲诸姬皆色沮,渐逸去"。余澹心躬逢盛况,那时的人不流行送花,而是讲究送诗,余澹心就写下了"月中仙子花中王,第一嫦娥第一香"的诗句,献给王月。

对王月观察最细致、描写最传神的,当属晚明绝代散文家张岱,他在《陶庵梦忆》中专门为王月赋文,说王月"面色如建兰初开,楚楚文弱,纤趾一牙,如出水红菱……善楷书,画兰、竹、水仙,亦解吴歌,不易出口。"写王月的不易出口,张岱还有如下传神妙笔:"月生(王月)寒淡如孤梅冷月,含冰傲霜,不喜与俗子交接;或时对面同坐起,若无睹者。有公子狎之,同寝食半月,不得其一言。一日口嗫嚅动,闲客惊喜,走报公子曰:'月生开言矣!'哄然以为祥瑞,急走伺之,面赪,寻又止。公子力请再三,謇涩出二字曰:'家去。'"张岱不愧为一代宗师,经他一描画,王月跃然纸上,庶几可以呼出了。

最钟爱王月的,是安徽桐城人孙克咸。孙克咸亦算得一奇人,文武全才,倚马千言立就,左右开五百斤强弓,天性豪迈不羁。他和王月相好过一段时间,正当他要纳王月为妾时,王月却被贵阳的蔡如蘅用了三千两银子从她父亲手中买走了,孙克咸为此抑郁了许久。由此可见人光是文武全才还不行,还得有钱。

蔡如蘅后来做了安庐兵备道,也就是庐州城的卫戍司令,他带着王月一同赴任,独宠专房。崇祯十五年(1642)五月,张献忠率兵破了庐州,在一口井里抓到了蔡如蘅和王月。蔡如蘅对张献忠说:"可问百姓。"(意思是说你可以去问一问老百姓,我对老百姓没做过坏事。)不料张献忠却说:"我不管你,只是你做个兵备道,全不用心守城,城被我破了,你就该穿着大红朝衣,端坐堂上,怎么引个妓妾避在井中?"蔡如蘅无言以对,被士卒们拖到田里砍了。这时,一向"楚楚文弱、不易出口"的王月突然破口大骂张献忠,诟厉不绝,最终在沟边被一枪刺死,身体犹直立不倒。

是的,王月是妓女出身,然而在张献忠面前,竟能刚烈如斯,乃至于死后尸立不仆,说她是烈女,想必也应当吧。

被改编的美丽争吵

十几年前,一位画家朋友告诉我这样一个故事——他说,在清代咸同年间,有一对情深意笃、才情超绝、心性淡远的夫妻。他们意趣高雅,性情相契,尽管生活贫寒,却整日涵泳于琴棋书画中,陶然忘忧。他们既是一对夫妻,又是两个韵友。丈夫叫蒋坦,妻子叫秋芙。

按理说,像这般契如的夫妻,是不应该吵架的。然而天下哪有不吵架的夫妻呢?蒋坦和秋芙也不例外,有一天他们终于吵了一架——那天晚上,蒋坦正在看书,秋芙却在一旁跟他絮叨个不停,蒋坦被搅烦了,于是生气地抓起毛笔,在一张扇面上写道:"是谁多事种芭蕉?早也潇潇,晚也潇潇。"写罢掷笔起身,独自进屋睡觉去了。

第二天早晨,蒋坦起床后来到书房,在书桌上看到扇面被翻转过来,且多了几行秀丽的字迹,上面写着:"是君心绪太无聊!种了芭蕉,又怨芭蕉。"

噫兮,这就是蒋坦和秋芙之间的吵架!

听完故事后我心头一堵,半晌说不出话来。我的朋友说:"你看,人家吵架都吵出艺术来了。现在的夫妻吵架只会骂人、砸东西,然后是爪牙互搏,法庭上见。如今我们不仅不懂艺术,连架也不会吵了。"我问他:"你是在哪儿读到这个故事的?"他说:"《秋灯琐忆》。"

很快,我请作家出版社的陈染君替我访到这本书寄来。《秋灯琐忆》不长,属"忆语体",也就是回忆录的意思。文辞极美,叙事传情栩然哀切,催人泪下。我读完后,却微微有些失望,原因是我并没有读到那段"吵架"的故事,那段故事是我的朋友改编出来的。真实的情况是:"秋芙所种芭蕉,已叶大成阴,荫蔽帘幕。秋来雨风滴沥,枕上闻之,心与俱碎。一日,余戏题断句叶上云:'是谁多事种芭蕉?早也潇潇,晚也潇潇。'明日见叶上续书数行云:'是君心绪太无聊!种了芭蕉,又怨芭蕉。'字画柔媚,此秋芙戏笔也。"

原来蒋坦和秋芙并没有吵过架,这使我有些失望。失望之余转念一想,我又对那位讲故事的朋友充满感激,他毕竟给我们改编了一个美丽的故事,这个故事既让我们心仪,又让我们惭愧。我的朋友绝不是记忆有误,他是有意改编的,我懂得他的用意,所以我宁可相信蒋坦和秋芙确实吵过那么一回架。

姑且让我宕开一笔,再来说说蒋坦和秋芙。秋芙天生体弱,却生具慧根,悟性奇高,凡古琴、绘画、诗词、书法等雅业,触手便通,让人讶异难解。有道家的高人说她是昙阳转世,蒋坦认为是真的。秋芙曾写过这样两句诗:"空到色香何有相,若离文字岂能禅。"其境界之高,似非凡人气象。秋芙从小笃信佛法,诵经礼佛二十年,三十多岁的时候,终于西去了,真正是"人间不许见白头"。

秋芙死后,蒋坦也全心礼佛,夕梵晨钟,忏除慧业。蒋坦向佛陀许下这样的心愿:如果自己能够往生西方,愿意和秋芙并肩而坐,听弥陀说法;如果还要堕入娑婆人间,则愿意和秋芙世世永为夫妇。四十二岁左右,蒋坦也死了。他是因为兵乱饿死的。

为什么和美幽雅的人总是在这个世上住不久呢?果真是淡美之花,屡易先凋;清绝之人,率尔早逝吗?

娥皇、女英水应知

书上说,娥皇和女英是尧的两个美丽的女儿。当尧把她们嫁给了舜之后,她们就成了舜的妃子。想想那个时代真有意思,尧不仅把皇位"禅让"给了舜,还把两个女儿一起许配给舜,这在今天看来,有点难以想象。《楚辞》中,有两篇赫赫有名的,出自屈原的大手笔:一篇为《湘君》,另一篇为《湘夫人》。有一种考据,说湘君是指娥皇,娥皇是正妃,所以称之为"君";而湘夫人是指女英,女英是侧妃,故而称为"夫人"。如果这种考据确切,那么我们今天称呼"夫人"的时候,还是小心一点为妙。

无论如何,娥皇、女英和"湘水"的关系比较密切,则基本可以肯定。《史记·夏本纪》里记载:尧曾经委派鲧治洪水,鲧治水无方,结果是"九年而水不息"。舜即位后,"乃殛鲧于羽山以死"。有趣的事又发生了——舜杀了鲧之后,竟然又启用了鲧的儿子禹,命令禹去治水。而禹居然不辱使命,把洪水治得服服帖帖的。由于禹治水有功,又深得民心,舜于是把皇位"禅让"给了禹。禹即位之后……这里有两个传说:

第一个是说，禹即位之后，心中越想越不舒服，他要为自己父亲的死"扳回一局"，灵光一闪就把舜给杀了。舜死后，葬在沅、湘二水之南的九嶷山，娥皇、女英为了陪伴丈夫，以身相殉投入湘水之中，于是成了湘水之神。我对这个传说兴趣不大，男人们杀来杀去的事情，我总是感到厌恶，情绪上怎么也壮烈不起来。相比较而言，我更钟情于第二个传说，因为第二个传说的着墨重点，是落在娥皇和女英身上，这就必然会传递出许多婉约的消息。

第二个传说告诉我们，禹即位之后，心里确实是越想越不舒服，不过他并没有简单地把舜杀了，而是采用了政治家"善巧"的高明手段：他以舜要南巡的名义，把舜流放到西南方的蛮夷之地。娥皇、女英闻讯后，双双追往南方，一直追到洞庭湖，终于为道路所阻，无法继续前行。她们只好待在洞庭湖畔的君山上，整日翘首以盼，等待着舜的归来。她们等了多少时日无从知晓，她们流了多少泪水，却"有稽可谈"——据说天下本没有花斑竹的，因为娥皇、女英的泪水洒在君山的翠竹上，君山翠竹受感染，遂变成了花斑竹。所以花斑竹的原名，应该叫湘妃竹。后来，娥皇和女英终于听到了舜死于苍梧的确切消息，就跳到洞庭湖里去了……

从此后，洞庭湖里就出现了水神，当地的老百姓却喜欢称她们为水妖。郭沫若年轻时曾写过一首诗，叫作《湘累》，其中借一位老翁之口，描述了这样一种情景：我们这儿洞庭湖里，每到晚来，时时有妖精出现，赤条条的一丝不挂，永远唱着同一的歌词，吹着同一的调子。她们倒吹得好，唱得好，她们一吹，四乡的人都要流起眼泪。她们唱倦了、吹倦了，便又跳到湖水里面去深深藏着。出现的时候，总是两个女身。四乡的人都说她们是女英与娥皇,都来拜祷她们——祈祷恋爱成功的也有,祈祷生儿育女的也有;还有些痴情少年,为了她们跳水死的真是不少呢……

  我没有去过洞庭,不知道这种情形尚存否。娥皇、女英还在吗?如果依然,我也很想去祈祷一些我向往的东西。尽管我早已不是少年了,可还是经常犯痴情的毛病,真是麻烦。忽而想到,至今人们还常说"湘女多情",不知是不是传承了娥皇、女英的性情。

何处得沽文君酒

　　二十多年前,不幸而读了中文专业的我以及我的同学们,对自己的学业都不免荒怠。因为当时的口号是"学会数理化,走遍天下都不怕!",所以我们这些没有学数理化的,除了不仅怕而且惊之外,对自己的专业也提不起钻研的兴致。譬如我们读《诗经》,大概也就懂得"窈窕淑女,君子好逑",而不知道"有芃者狐,率彼幽草";我们读《论语》,也就会背"学而时习之,不亦说乎",至于"法语之言,能无从乎",我们就只能糊里糊涂了。

　　因此,当我们学汉赋的时候,就我而言,除了知道有个司马相如,其余都不记得了。我之所以记得司马相如,不是和他的传世之作《子虚赋》有关系,而是他和卓文君之间的一段故事,使我难以忘怀。

　　卓文君是四川临邛县人,出身于富豪之家。她的父亲卓王孙和公公程郑,是当时的巨富,从事冶炼业,相当于现在的钢铁大王。《汉书·货殖传》里就有他们的名字,其阔绰可想而知。作为大家闺秀的卓文君,自幼亲近琴棋书画,渐而养成了轻物而重灵的性情,因为她从来不缺钱花,所以格外倾慕才情。卓文君的婚姻很不幸,出嫁不到一年就做了寡妇,十七岁开始守寡,也有人说是二十三岁,我们在此姑且不作计较。总之卓文君很年轻就开始守寡,守寡后不久,司马相如像一个梦那样,闯到她心中去了。

司马相如才情极高,负有盛名。因为不愿意做官,身体又不好,加上为人太清高,所以也就穷出了名。司马相如曾客游梁国,梁孝王很敬重他,孰料好景不长,梁孝王突然死了,司马相如无所依托,只好孑然回到四川。恰巧临邛县令和司马相如是朋友,总算接待了这位一贫如洗的穷文人,安排他在一座亭子(都亭)里住下来。从这一天起,距离都亭不远处的一幢豪宅里,卓文君开始失眠,她每天晚上都在等待从都亭里传来的琴声⋯⋯

终于,在一次宴会上,司马相如和卓文君相见了。他们一见钟情,先是借琴传心,渐而愈演愈烈,终于不能"发乎情而止乎礼",最后索性置礼教于不顾,在声势浩大的非议声中私奔了。

他们私奔到了司马相如的老家成都,开始了他们贫穷而愉悦的生活。弹琴、赋诗、唱和之时,自然需要酒,怎奈家徒四壁的司马长卿无钱沽酒,只能由卓文君典当衣物换酒喝。有一天,卓文君跟司马相如商量说:"与其我们靠典当买酒喝,不如我们酿酒卖酒去。"司马相如大以为然。于是夫妻俩走上街头,混迹于引车卖浆者流。司马相如身着短裤,洗刷酒器;卓文君担柴吹火,以酝佳酿⋯⋯这样的生活甚至感染了卓文君她爹卓王孙,乃至于不惜家财成全相如和文君的美满。尽管史书上都说卓王孙很"俗",我却不以为然,因为当今有钱的家长,说不准还不如卓王孙呢。

卓文君,出身大富之家,生活在"独尊儒术"的汉武帝时代,为了爱情,毅然舍弃富贵,顶着"伤风败俗"的骂名,跟有情人私奔了,心甘情愿地过着"寒窑虽破能避风雨"的日子。这一份勇气,即便在大谈自由的今天,也是极少有人具备的,可敬可佩。

卓文君无疑是美丽的,《西京杂记》中写道:"文君姣好,眉色远望如山,脸际常若芙蓉,肌肤柔滑如脂……"但我更想知道卓文君卖酒时的模样,可惜无法做到。在如今的行政区域图上,我甚至找不到临邛县这个地方。根据古籍,我只知道它在蜀西。

芸娘清魂今安在

　　一对夫妻能够勉强凑合着过一辈子,已经很不容易了。一对贫寒的夫妻能够无怨无怼地厮守一生,尤其不容易。至于一对贫困交加、颠沛流离的夫妻不仅能够意真情笃、相依相携,而且能够在极潦倒极困顿的状况下创造出温柔雅致、意趣高洁、活泼快乐的生活,这似乎是连想象也难以企及的。我曾做过许多不着边际的梦,但这样的佳梦从来没有发生过。

　　然而,历史上却真实地存在过这样的人和这样的事。丈夫叫沈三白,妻子叫芸娘,不信你可以读一读《浮生六记》。这一对贤伉俪在极度苦难的境遇中所创造的美丽生活,足以让每一对当代夫妻尽绝倾慕之念,继而会深感惭愧,觉得自己这一辈子是白活了。

　　我们不妨先向芸娘致敬。因为那于忧患中创造出逸趣、于愁苦中变化出诗文、于烦乱中演绎出闲情的,正是这位贤淑聪颖、和美清丽、心淡意远而又至情至性的女性。这是一位能够在沙漠里种出木棉的女性,是一位能够从汤药里喝出花草气息的女性,是一位于人情中透露出佛性、于佛性中体现出善巧的女性,是一位……唉——我有什么资格来赞誉她呢?

芸娘未嫁之时,就精擅针线活,一家三口的生计,全靠她的十指供给。堪怜日夜操劳的少女芸娘,竟然在刺绣之暇,从《琵琶行》中学会了认字,继而吟咏出"秋侵人影瘦,霜染菊花肥"的清绝之词。芸娘既嫁三白之后,可谓心随意从,相得益彰。芸娘不仅能操持一切家务,而且能于普通家务活中别出心裁,化烦琐为艺术。三白记载说:"芸善不费之烹庖,瓜蔬鱼虾一经芸手,便有意外味。"又说,"夏月荷花初开时,晚含而晓放。芸用小纱囊撮茶叶少许,置花心。明早取出,烹天泉水泡之,香韵尤绝。"此足见芸娘生活的艺术。芸娘于诗画、酒觞、琴棋、盆景、茶艺、花月等雅趣几乎无不通晓,且常常别出心机、横生妙趣。例如,与三白论及诗文时,芸娘表示视李白为知己,视白乐天为启蒙师,忽而想到丈夫叫沈三白,便口出妙语:"白字有缘,将来恐白字连篇耳。"此足见芸娘心思之敏巧。"七月望,俗谓之鬼节。芸备小酌拟邀月畅饮,夜忽阴云如晦。芸愀然曰:'妾能与君白头偕老,月轮当出。'"此足见芸娘情感之痴迷。芸娘竟然陪着丈夫一块去游逛花船,与歌妓嬉闹玩笑打成一片,笔记里说:"芸曰:'久闻素娘善歌,可一聆妙音否?'素即以象箸击小碟而歌,芸欣然畅饮,不觉酩酊,乃乘舆先归。"此足见芸娘性情之洒脱。当家境困顿难堪之时,芸娘说,"布衣菜饭,可乐终身",此足见芸娘心境之恬淡。芸娘于病重卧床之际,仍勉力刺绣佛典《心经》,此足见芸娘信仰之虔诚……唉,芸娘的动人之事怎么说得完呢?只有天可怜见。

大约是为造物所忌的缘故,芸娘竟然早早地就逝去了。而她实际的死因,却和一位叫憨园的歌妓有关。芸娘特别喜爱憨园,同时特别希望憨园的这位歌妓能够成为自己丈夫的小老婆,她为了撮合这位歌妓和三白,可谓费尽心思、竭尽所能,不料歌妓最终还是被有势力的人夺走了。芸娘从此落落寡欢,积郁成疾,最终竟然一缕香魂断绝去……

真不知这女子是怎么生成的,竟然好成这样,好得让人直想落泪。

王韬先生说:"盖得美妇非数生修不能。"不知沈三白是怎么修成的?肯否借梦传授给我?倘能如愿,我一定要勤修苦练,以待来世。

感时花溅泪

第 18 届足球世界杯眼看就到了。我努力地盼了很久,我知道它该到就会到的,和我的努力没关系,可我还是一厢情愿地瞎使劲。现在,它当真就要到了,我的情绪竟忽然莫名地乱起来,大有点悲欣交集的意思。欣的是,我终于又可以从球赛中去感受那久违了的激情;悲的是——我想起十几年前和一位好友一块儿看世界杯,兴奋之余,他忽然感慨道,想想人生真没劲,看不了多少次世界杯。

可不是吗?一个人即便生下来就会看球,活到 80 岁,也只能看 20 次世界杯。人生确乎苦短,所幸的是,我们还可以依赖记忆,重温那业已逝去的场景,聊当是平添了不少观看的场次。譬如我,就会常常想起 1990 年的世界杯足球赛。

我之所以能够牢牢记得 1990 年第 14 届世界杯足球赛,并不是因为那场赛事上出现了什么惊心动魄的场面或匪夷所思的奇迹。我之所以记得它,仅仅缘于一位巴西球迷、一位巴西女孩无声的泪水。那泪水以某种特殊的意义和别样的滋味,通过一个偶然的镜头,曾润透了电视机前无数观众的心。

那个夏天,在美丽的意大利,一路势如破竹、夺冠呼声最高的巴西队,和一路跌打滚爬、以耍赖昭著的阿根廷队在八强赛中遭遇。这场遭遇富有戏剧意味,因为当时阿根廷队的拙劣表现已经使广大观众无法忍受了,人们都在等待巴西队把阿根廷队踢出去……

然而,诚如老子所说的"天地不仁",诚如窦娥所唱的"地也,你不分好歹何为地;天也,你错勘贤愚枉做天",结果是锐不可当的巴西队连续五次射门均打在对方的门柱或横梁上,而阿根廷凭着一个侥幸的进球,居然、居然……居然淘汰了巴西!

于是,我们看到一位巴西女孩无声的眼泪。当时的球迷是混坐的,不像现在的分庭抗礼。在众多的、近乎疯狂的、欢呼雀跃的阿根廷球迷当中,一位身着黄色 T 恤、留着金色长发、手托腮帮的巴西女孩愣愣地睁着梦一般的眼睛,似信非信地望着球场,她试图咬紧自己的嘴唇来控制内心的伤感,怎奈眼睛是心灵的窗户——泪水终于夺眶涌出,潸然而下。这泪水是无声的,但在我看来,其中却隐藏着惊雷般的消息,是对"黄钟毁弃,瓦釜雷鸣"的现象最揪心的抗议。

我不是球迷,但我为这位巴西女球迷而着迷。当我看到这一个镜头时,我的脑海中不知为什么竟涌出了"感时花溅泪"或"沧海月明珠有泪"这样的诗句,甚至浮现出虞姬以身殉霸王的画面,乃至连带出特洛伊城被"木马计"攻破后,城中女性们表现出的悲壮神情。

摄影师偶然抓到了这个镜头,解说员把这个画面称作球赛中的"花絮"。这是花絮吗?不,我认为不是,它没那么轻飘。这或许就是足球的根,甚至是民族精神的根。

那位女孩,我已经想过她许多回了。

回头是爱

在眼下这个明星像五颜六色的气泡直往外冒的时代,在人们混淆了美丽和色相、神性和魔性、错把肉麻当有趣、自我作践乃至于变美丽为肉弹以追行情求高价的红尘浊流中,我像癞蛤蟆怀想一只天鹅那样,想起了山口百惠。

山口百惠十三岁那年纯粹出于好玩,懵懂地闯进了日本演艺圈,不料却一炮走红,从此声名鹊起,蒸蒸日上。她灌制过大量唱片,大多以哀婉凄凉、情真意切为主基调。她还主演过《伊豆的舞女》《古都》《春琴抄》《绝唱》等17部影视片,她的表演朴素自然、含蓄深沉,有如含苞蜡梅、啼血杜鹃,成为日本影迷心目中的"纯情偶像"。然而,谁也没有想到,就在她红极一时之际,她毅然退出了演艺圈,因为她爱上了三浦友和,并准备和三浦结婚了。百惠对婚姻的态度是极其认真、极其审慎的,她思考再三,最终决定退出艺坛,理由是:"我这是为了他。我想做一个妻子,在丈夫外出时可以说一声'再见',在他回来时可以说一声'您回来啦'。我想让心爱的人有一个安乐窝。"这一年百惠才二十一岁,正是青春的大好年华,在当今人们的眼里看来,说不定会觉得百惠有点傻吧?

毋庸置疑,山口百惠是美丽聪慧的,她的美丽聪慧恰恰体现在她从来没有意识到自己的美丽聪慧,就像智者苏格拉底不知道自己有知识一样。我们还是来听听百惠的说法吧——百惠说:"小时候,我虽不是一只丑小鸭,但是每当大人们说我是一个不争气的孩子时,我总感到心痛。不知不觉,就变成了一种严重的自卑感。可是,我又没有因为人家说了就自己改过来的本领。"当有人问到关于化妆的问题时,百惠说:"我总觉得,由于化了妆,表情就僵硬了,化妆后完全像加了张面具似的。如果自己脸色还好,我希望保持本来的面目。我化妆的脸被未婚夫看见后,总觉得好像非常难过。"当有人问到退出艺坛后金钱上是否有所担心时,百惠说:"确实,我现在的收入和我的年龄是不太相称的,对于这种过高的收入,只会使我感到迷惘,从未有过满足的心情。我怕的是,我会习惯于这种金钱观。我不担心经济会发生问题……恐怕是看到了母亲是怎样生活过来的吧,说不定有一天要像母亲过去那样过含辛茹苦的生活,至少我心里是已经有这种思想准备的……"这就是山口百惠!这就是淳朴本真的山口百惠!别忘了,这一年她才二十一岁,然而她似乎已经通透了"天下皆知美之为美,斯恶已;皆知善之为善,斯不善已"的玄理。

做一个勇往直前的人固然难,做一个急流勇退的人就容易吗?做一个叱咤风云的人固然难,做一个返璞归真的人就容易吗?做一个万众瞩目的明星固然难,做一个平实地道的妻子就容易吗?最难的是,由一个万众瞩目的年轻明星转身而为一个平实地道的妻子,谁能做到呢？百惠做到了。百惠在退出艺坛后,用四个月的时间写了一本自传,题为《苍茫的时刻》。其文字之洒脱,意象之别致,思想之深邃,感情之诚挚,足以让许多作家感到汗颜。在这本书的中间,百惠说:"今后的我一定会最像百惠。"这本书的最后一句,百惠说:"请放心,我将幸福地生活下去。"

热衷于利用乃至出卖美丽的人能像谁呢？能够幸福地生活下去吗？百惠曾演过一部片子,片名叫作《回头是爱》。

第三辑

無論難和少真能聽得懂之意，聊自慰、來暢古之情，歲在戊戌正月於海上　葦簀寫

《广陵散》

鲁迅曾推崇过魏晋风骨,而所谓的魏晋风骨,主要体现在当时名士们(著名知识分子)旷达而又桀骜的诗文中,也体现在他们洁身自好、力摒俗恶、幽愤傲然乃至宁死不屈的行为上。

"竹林七贤"的诸种出人意表的行迹,堪称魏晋风骨的"行为艺术",常为后人所乐道。在这里,我忍不住还是想重温故纸,想再次说一说一千七百多年前那个名叫嵇康的人。

嵇康是安徽宿县人,按史书的说法,则是"谯国铚人"。嵇康很小就成了孤儿,却生具奇才,远迈不群。《晋书》上说他:"龙章凤姿,天质自然,恬静寡欲,含垢匿瑕,宽简有大量……"嵇康的才学可谓师出无门,全靠他的博览得来。无论什么书,只要一经诵读,便贯通于胸,让人难以思议。嵇康酷爱老庄,深得道家精神,又精擅琴道,故而每每以弹古琴、读古书修身养性。嵇康的性情恬淡冲和,他很少说话,宠辱不惊。"竹林七贤"之一的王戎说,他和嵇康一块儿在山阳居住了二十年,竟然从未见过嵇康有任何喜愠之色,这是何等的修养啊!

如此清远高拔的一个人，后来竟然被当权者司马昭杀害了，原因是嵇康不愿意和当权者合作。照一般逻辑来说，嵇康应该和当权者合作才对，因为他是曹魏宗室的女婿，官拜中散大夫，若说走仕途求显贵，他的背景、条件、实力太好了，很少有人能与之匹敌。没想到嵇康偏偏不走这条"光明大道"，他十分厌恶当时官场的腐败风气、虚伪礼法，对趋炎附势之士更是深恶痛绝。试想嵇康怎么可能同流合污呢？于是他索性辞掉官职，隐逸到山林中去了。他和另外六个志趣相投的人结成了"竹林七贤"，经常在一起饮酒赋诗、弹琴读书、采药炼丹，甚至以打铁为乐事。他们用绝对清高的态度藐视当权者，以放浪形骸的形式反抗当时的政权。嵇康的散文成就极高，每当写针砭时弊的文章时，总是见解精辟、笔锋犀利，让统治者恐慌，又让宵小辈嫉妒。眼看嵇康的影响越来越大、声望越来越高，他们终于受不了了，随便找了个理由，赶紧把嵇康牵扯入狱，随后又冠之以"言论放荡、非毁典谟"的罪名。为了"以淳风俗"，司马昭下令处死嵇康。

　　行刑的那一天，三千名太学生赶到刑场，要求拜嵇康为师，嵇康没有答应。嵇康看了看西沉的日头，知道自己很快就要离开这个五浊恶世了。这时，嵇康突然向行刑队提出了一个出人意料的最后要求——他要在生命的最后时刻弹一曲古琴。行刑队开了一个紧急的碰头会，最终答应了嵇康的要求。于是，刑场上响起了慷慨幽愤、回肠荡气的《广陵散》。琴声响着，响着，人们希望琴声一直这么响下去，然而琴声戛然而止。嵇康缓缓抬起头，自言自语般地说："以前，有个叫袁孝尼的人要跟我学《广陵散》，我没有教他，《广陵散》于今绝矣……"然后，嵇康离开了我们，这一年他四十岁。

在今天的古琴谱中,我们还能看到《广陵散》,我自己也学着弹过,但弹不好。我无法考证这曲《广陵散》是否就是嵇康当年弹的那一曲,但愿是吧。但愿《广陵散》长留于世,永不断绝,以便我们从古琴声中去领略魏晋风骨,让应该警醒的人警醒,让应该惭愧的人惭愧!

《箜篌引》

2003年,联合国教科文组织终于意识到中国古琴的价值,遂将古琴列入第二批人类"口头与非物质文化遗产名录",这是一件让人高兴的事。高兴之余,我忽然又想起另一件只可入梦、难以求实的中国古乐器——箜篌。

箜篌这门乐器早已失传了,它是什么时候失传的?为什么会失传?实在无从稽考。尽管众说纷纭,终归莫衷一是。清代刘鹗在《老残游记》里借小说中人申子平的眼睛,说是见过箜篌,并形容箜篌"像似弹棉花的弓,却安了无数的弦",又对箜篌的音做了这样的概括:"凡箜篌所奏,无平和之音,多半凄清悲壮,其甚急者,可令人泣下。"只可惜这毕竟是小说者言,难免有"想当然耳"的嫌疑。

但是,箜篌确实存在过,至少在汉代还驻世,则基本可以肯定,汉乐府诗中有一首《箜篌引》足以为证。《箜篌引》一共只有四句词,曰:"公无渡河,公竟渡河!堕河而死,将奈公何?"这四句词表面看来和箜篌没有一点关系,因为它们的关系隐藏在一个悲壮的故事中。

崔豹在《古今注》里记录了这个故事,我且将它意译成白话,大约是这样:有一天清晨,一个名叫霍里子高的朝鲜水兵(当时朝鲜隶属中国疆域)正在湍急的河面上撑船巡逻,突然看见一个白首狂夫(不知他是天生白首还是老来白头,是生性狷狂还是因酒而狂),披发提壶(想必是酒壶),扑入乱流急水中,想要游渡过河。他的妻子尾追而至,想制止已经来不及了,她的丈夫、那个白首狂夫被急流卷走了……随后,这位妻子,不知从何处取来一张箜篌,坐在河边,望着奔流的河水,边弹边反复唱道:"公无渡河,公竟渡河!堕河而死,将奈公何?……"其声哀切凄怆,一曲终罢,这位至情至性的妻子,竟然抱着箜篌投身河中,随着流水陪伴丈夫去了……

我们不妨再一次体味一下这首朴实而悲切的《箜篌引》中饱含的哀音:"公无渡河,公竟渡河!堕河而死,将奈公何?"从唱词平实朴素的风格上,我们不难看出这对夫妻既非达官显贵,亦非骚客雅士,他们不过是两个寻常百姓,一对普通夫妻,然而他们身上爆发出的壮烈性情,竟至纯至刚痴绝如斯,比之楚霸王自刎垓下时所唱的"骓不逝兮可奈何,虞兮虞兮奈若何"的悲壮,犹有过之而无不及。我想,这恐怕正是流淌在中国古代百姓血脉中的"国风"吧。

霍里子高回家后,把他亲眼所见的这一幕告诉了他的妻子丽玉。丽玉听后,哀伤不已,于是也取出箜篌,援引故事中所蕴含的悲情,缓缓弹奏出充溢心头的切切哀声,凡是听到丽玉弹奏这首曲子的人,莫不堕泪饮泣。

如今,箜篌已经失传了,丽玉所弹奏的曲子,也没有流传下来,我们难得再闻。但愿中国古人身上所具有的那种悲烈痴绝的性情,不要因此而失传,毕竟《乐府诗集》中,还留有一首《箜篌引》在跟我们说话。

一生知己是梅花

我们知道,毛泽东和蒋介石都共同佩服一个人,那就是曾国藩。这是一件非常有意思的事情。那么,曾国藩在内心佩服谁呢?他佩服湖南衡阳的彭玉麟。他说彭玉麟是一个旷世难得的奇男子。

彭玉麟是曾国藩的部下,是湘军的"海军总司令"。在平定太平天国的过程中,他屡建奇功、战绩卓著,然而每当曾国藩为他向朝廷邀功请赏、加官晋爵之时,他却屡屡力辞不就。史书上说他"官至兵部尚书",那是朝廷强加给他的,他并没有真去做。他跟着曾国藩打了十几年战,当湘军最终攻下南京后,众将士都在尽情分享胜利果实,彭玉麟却把十几年来所领的养廉俸银二万两交给曾国藩,充当公用,然后磊然告别了曾国藩,回到衡阳渣江的某一座荒山的某一座孤坟边去,他要去陪伴一个人……

当年,曾国藩就是在那座孤坟边的一间茅棚里把彭玉麟拽到湘军里去的。当时,彭玉麟正在陪伴着长眠在孤坟里的那个让他铭心刻骨的人。坟里的那个人叫梅姑,是比彭玉麟大几个月的表姐,可彭玉麟喜欢喊她小姑。他们幼年时在一起嬉戏玩耍,天成投契,曾有过白头之约。孰料长大之后,梅姑的父母不同意他们的婚事,执意要把梅姑另配他人。当时玉麟出门在外,音讯难通。强压之下,无奈之中,梅姑只好含悲自尽,殉情以报玉麟……后来,彭玉麟回来了,他整天蹲在梅姑的坟前,沉默了一个多月,一言不发。再后来,他干脆在梅姑的坟边搭了一间茅棚,和梅姑长相厮守在一起了……

即便在十几年的军旅生涯中,彭玉麟也时时刻刻和梅姑在一起。有一回攻打小孤山,久攻不下,彭玉麟主动请战,居然奇迹般地攻下了。事后他写了一首诗,其中有一句"彭郎夺得小孤还",十分耐人寻味。我们知道宋代林和靖隐居小孤山时,曾声称以梅为妻。我们不难看出,"小孤"和"小姑"谐音。

尤为感人的是,自从梅姑去世后,每有闲暇,彭玉麟就不停地画梅花,以寄托他对梅姑的思恋之情。他别的不画,只画梅花,一生中画过上万幅梅花。因此在中国绘画史上,他的梅花占有特殊的席位。十七年前,一位朋友想把他收藏的彭玉麟梅花四条屏卖给我,可恨我实在没钱,只好作罢。不过我总算把画儿借回家挂了一个星期,这使我对什么是真正的爱情,什么是至情至性的人,多少有了一些理解。彭玉麟画的梅花,如今在博物馆里还能看到;彭玉麟这样的人,如今上哪儿去看呢?记住:凡是彭玉麟所画的梅花,画幅上必定盖有两方印章,一方是"伤心人别有怀抱",一方是"一生知己是梅花",它们是甄别真伪的重要依据。

比比彭玉麟送给梅姑的花,我看我们现今给情人送花的习俗大抵可以免了,无论你送的是红玫瑰也罢,康乃馨也罢,紫罗兰也罢,其真正的情感含量,跟一捆刨花相比孰轻孰重,还真很难说。

在疏狂和谦逊之间

有一些学净土宗的朋友告诉我,说清初大诗人袁枚是苏东坡转世,我不太相信。尽管袁枚和苏东坡一样才学恣肆、性情旷达,但东坡居士一向是信奉佛法的,而袁子才则既不信佛亦不学仙,从如来藏识的道理上看,他们似乎扯不到一块去。

袁枚从小聪慧过人,十二岁为秀才,二十三岁中举,二十四岁中进士,随后开始辗转几个县做县令,政绩颇佳。不料他却突然不想干了,原因有二:一是不甘"为大官作奴",二是想专心诗文写作。遂于三十二岁那年毅然辞官,在南京买了一个园子,取名"随园"。"随园"可不是随便买的,它大有来头,据说它的前身就是《红楼梦》里的大观园。

袁枚从此开始了他想过的生活,或与诗友聚会唱和,或潜心埋头创作诗文,或结伴韵友游山玩水,一过就是五十年,直至八十二岁命终。袁枚一生著述极丰,据不完全汇编,《袁枚全集》几达40卷,我很难想象他用毛笔怎么能写出那么多字来。尤为难得的是,他不仅写得多,而且写得好。袁枚可谓开清初一代诗风的代表人物,他倡导的"性灵说"诗学理论,极力主张诗由情发,情由心生,形式宜鲜活灵动,自然天成。袁枚曾说,"有必不可解之情,而后有必不可朽之诗。情所最先,莫如男女"。由此可以想知,袁枚对女性的情义十分像大观园里的那个宝二爷,然而老天爷亦作怪,偏偏让他的女亲人多夭,使得他最好的诗文,常常是一些悼文。譬如悼三妹的《哭三妹五十韵》、悼爱女的《哭阿良》、悼爱妾的《哭聪娘》等等,皆字字是血,字字是泪,读来摧心裂肺,感人至深。所幸袁枚是个洒脱的人,否则如何招架得住?袁枚还有一项爱好,喜欢带女弟子,越漂亮越喜欢。他在全国有几十个女弟子跟他学诗,最后都学有所成。这在当时是一个不可思议的奇迹,也是一个横遭非议的奇举,袁枚可不管那么多,依然率性而为。我记得他有一首咏《苔》的小诗这样写道:"各有心情在,随渠(他或她)爱暖凉。青苔问红叶,何物是斜阳?"

　　顺便说一件有趣的事:袁枚买下了随园之后,拟了一副对联,挂在随园的大门前。联文曰:"此地有崇山峻岭茂林修竹;斯人读三坟五典八索九丘。"这副对联把很多读书人吓坏了,上联好理解,源自王羲之的《兰亭序》,但下联中的"三坟五典八索九丘"什么的,许多人连听都没听说过,能不敬畏吗?有一天,大史学家赵翼来到随园造访袁枚,不巧袁枚不在家,大概是带着女弟子出去玩了。老管家接待了赵翼,问有何贵干?赵翼递上名刺后,说:"等你家主人回来,烦请转告他,我想跟他借几本书。"老管家说:"先生要借什么书?请写下来。"赵翼说:"不用写,就借门联上写的三坟五典八索九丘。"

　　袁枚回家后,老管家把这事告诉了他。袁枚愣了一下,顿时脸就红了,忙不迭地使唤老管家:"快、快!快把门口那副联子给我撤了!"——原因是:三坟是指《连山易》《归藏易》和《周易》,其中前两易早就失传了;九畴是传说中的九部神秘兵书,到底存在与否尚且难说,袁枚又怎么读得到呢?他蒙别人可以,这回遇上赵翼,他认栽了。他们俩后来成了好朋友,倡导"性灵说"时,袁枚是主将,赵翼是副将。我总觉得,古人比现在人有意思。

兴尽而返

书圣王羲之的名气太大了,他书写的《兰亭序》原本真迹已经被唐太宗带进坟墓做伴去了,我们如今看到的《兰亭序》,都是其他人的临摹本。尽管如此,近两千年来人们还是对这部书法帖佩服得五体投地,奉为神品,由此可见王羲之有多厉害。王羲之的第七个儿子也非常厉害,叫王献之,喜欢书法的人喜欢称他王大令。一般说来,学习晋人小楷的,都免不了要在王大令跟前学上许多年后,写出来的字才像样子。王大令的书法和他爹齐名,后世以"二王"并称,也有不少人说大令的字尤胜其父一筹,我没有发言权,姑且避开不谈。我在这里想说的,是在王羲之的另一个儿子身上发生的一件小事。

这个儿子叫王徽之,字子猷,在家中排行老五。这个王子猷是个非常有意思的人,弃官不做,愣要做名士。他的名气没有他的父亲和兄弟那么大,然而有一件小事却使他被记载下来,传诵于世,常被逸隐高士们津津乐道——

一千六百多年前的某一个夜晚,天下着大雪,居住在会稽山阴(今浙江绍兴)的王子猷半夜里一觉醒来,突然出了房门,吩咐仆人备上酒菜,开始自斟自饮起来。他一边喝着,一边四处观看,满目皎然的雪夜似乎猛然触动了他心中的某些东西,他感到很寥落,很孤寂,一种彷徨不安的情绪袭上心头。为了排解这种情绪,他边喝酒边吟咏左思的《招隐》诗。吟着吟着,他忽然想念起他的朋友戴安道。这位安道先生是当时的一名高隐,史书上说他"性不乐当世,常以琴、书自娱"。王子猷心中涌起一阵强烈的欲望,他想立刻和戴安道见一面。可是戴安道当时住在剡(今浙江嵊州市),怎么办呢?王子猷决定立即乘小船去拜访他。家人拗不过王子猷,于是小船连夜出发了。小船究竟是走了一夜,还是走了一天一夜,抑或是两天两夜,说法不一。总之是小船终于到了剡,王子猷终于到了戴安道的家门口,一件令人费解的事发生了——王子猷并没有去敲戴安道的家门,而是转身决定回去了。这可把大家搞糊涂了,要求王子猷把这事说明白。王子猷微笑着说(也许王子猷当时并没有微笑,只不过是我想当然耳):"吾本乘兴而行,兴尽而返,何必见戴?"

多么出神的一次拜访啊!名士就是名士,其言行举止都大异于俗辈,至情至性的品格致使他们哪怕在一个小节上,都能焕发出别样的神采。相形之下,我们今天的、大都是出于功利目的的拜会聚餐,就显得太不好意思了。不过也没关系,如今的人们不怕丑。

秀才与兵

徐志摩和陆小曼这两个名字大家太熟悉了,他们当初制造的爱情事件曾牵动了当时中国文化界的几乎所有大腕。这个故事至今仍有各种版本在广为流传,使无数"怎一个什么了得"的后起之秀津津乐道、耳熟能详以至"学而时习之,不亦说乎",这是好事。既然"一首能够使人掉眼泪的诗终究是好诗",那么一个能够热衷于谈情说爱的时代也终究是一个好时代——这简直是一定的!

徐志摩是一个富商的儿子,曾留学于英国著名学府剑桥大学(这是一个制造绅士的基地)。他去过不少国家,拜谒过不少名人,光是康桥他就告别过好几次。他在德国爱上了一个画家朋友的女儿林徽因(原名叫林徽音,因为后来有一个男汉奸的名字叫林微音,她就改叫林徽因了),就赶紧"告别"了妻子和儿子。孰料林徽因早已命中注定要做梁启超的媳妇,而梁启超又是徐志摩的恩师,怎么办呢?唯一的办法只能是"发乎情,止乎礼",此恨绵绵地告别了林徽因。

徐志摩回国后因为诗写得好,花钱大方,热爱交际,乐于助人,派头上很洋气,很像当今的"海归",即便是拉家常,每三句话里也要夹带六七个英语单词,性格上又很乖甜,很像当今的"邻家的大男孩",所以很快赢得了许多人的崇拜和喜欢。当越来越多的人崇拜和喜欢他时,他喜欢上了陆小曼。

陆小曼是谁呢?她到底是才女还是妖女我们不管,也管不了。我们知道她当时的身份是王赓的老婆,那么王赓又是谁呢?——我们终于说到王赓了——王赓本是宦家子弟,后家道中落,才发愤求学,毕业于美国西点大学,和美国总统艾森豪威尔是同班同学。他回国后仍是一个穷小子,然而他学识优长、文武全才是公认的。陆小曼的母亲一眼就看中了他,很快就为他和陆小曼举办了一个盛况空前的婚礼,且由女方承担了所有的结婚费用。王赓非常爱陆小曼,不幸的是他是一个工作狂,起先执教于北大,很快又做了哈尔滨的警察厅厅长,整日埋头苦干,全然没有想到徐志摩此时正在竭尽所能勾引他老婆,陆小曼很快就做了愿者,俩人情来意往愈演愈烈。风声终于传到王赓耳里,王赓起初不相信,因为徐志摩也是他的朋友。询问陆小曼,陆小曼开始死活不肯承认,直到有一天王赓掏出手枪,陆小曼才从实招来。王赓并没有朝陆小曼开枪,反倒是自己心中被狠狠地剜了一刀。他强忍痛苦挨了一段时日,希望陆小曼能够回心转意,结果表明他的努力失败了,陆小曼去意已决。现在轮到诗人的朋友们为诗人担忧了,因为这时王赓已经做了五省联军总司令部的参谋长,既然枪杆子里面能出政权,那么枪杆子要除掉个把诗人想必太简单了。然而,让人敬佩的事发生了,王赓并没有把刺刀或子弹送给徐志摩，而是在和陆小曼办完离婚手续后，当面送给了徐志摩一句让人心颤的话，他说："我们大家是知识分子，我纵和小曼离了婚，内心并没有什么成见。可是你此后对她务必始终如一，如果你三心两意，给我知道，我定会以激烈手段相对的。"

这就是王赓，我们不大容易记住他的名字，因为徐志摩和陆小曼的名气实在太大了。我之所以记得他，是由于我时常会产生不着边际的漫想——如果徐志摩和王赓互换一个位置，将是怎样一种局面呢？徐志摩会怎样对待王赓呢？这两个早期的"海归"，究竟谁更有绅士风度呢？

王赓遭受感情重创之后，心神大损，事业屡屡受挫。抗战中期，他奉命参加中国派往美国的军事代表团，途中病殁于开罗。

管鲍之交

编辑先生给我出了一道难题,要我写一段有关"友情"的古代典范。我贸然应允下来,待想反悔,已然不及。盖中国古籍中记载友情的,并不多见。俞伯牙钟子期,属知音;司马相如卓文君,属私情;刘关张桃园三结义,属义气;竹林七贤的结朋,属志同道合;明清雅士所说的逸友韵友,属趣味相投……我搜肠刮肚了一整夜,总算搜刮出两个人——管仲和鲍叔牙。

管仲和鲍叔牙是春秋时期的一对好朋友,史称"管鲍之交",说他们有"通财之义"。所谓通财之义,是指他们在合作经营生意的时候,从不计较利润分配的多少,不分你我。俗话说"亲兄弟明算账",可见他们比亲兄弟还亲,这就很不容易了。然而"管鲍之交"的内涵如果仅仅是建立在金钱上,那就未免太轻飘了。他们的友情别有洞天——

管鲍是齐国人,当时齐国的王子们为了争夺王位,爆发了内乱。管仲被任命辅佐公子纠,而鲍叔牙却被任命辅佐公子小白。因为两位公子的哥哥襄公无道,两位公子被逼流亡出走,管仲和鲍叔牙自然要各随其主,管仲和公子纠逃到鲁国,鲍叔牙和公子小白逃到莒国。

内乱平息后,公子纠和公子小白彼此争先,你追我赶,要回到齐国夺权登位,管鲍二人自然又要各为其主。在中途的争夺战中,管仲曾射过小白一箭,这一箭本是致命的,怎奈小白福大命大,箭头被他腹上的衣带钩挡住了。最终是小白和鲍叔牙先回到齐国,而公子纠和管仲只好回到鲁国继续政治避难。

随后,鲍叔牙设计借鲁国之刀杀了公子纠,又把管仲"引渡"回齐国。齐桓公为了泄射钩之愤,要杀管仲,被鲍叔牙制止了。鲍叔牙告诉齐桓公,管仲是个治国奇才,不仅不能杀,而且还要重用。起初齐桓公不答应,鲍叔牙又说:"如果你不想成就霸业,那就算了;如果你想治国图强称霸,非用管仲不可,我鲍叔牙是不如他的。"于是,管仲当了齐国的宰相。

管仲果然是个治国奇才,上任后就把国事料理得有声有色,齐桓公每天只顾吃喝玩乐就行了,凡事不用操心。几年下来,齐国在政治、军事、经济等各方面都日益强大,乃至雄踞天下,使春秋时期的其余四霸谁也不敢轻举妄动,各国之间常年的战争因此平息,安定天下有四十多年之久,这在春秋时代是一个奇迹。难怪孔子在一百多年后惊叹地说:"微管仲,吾其披发左衽矣。"

让人费解的是,管仲在任命重臣大员时,从来没有提携过鲍叔牙。鲍叔牙在齐国的政坛上似乎不太得意。如果我是鲍叔牙,一定要生气了。更匪夷所思的是,管仲在临死前,再三嘱咐齐桓公不能让鲍叔牙继承相位。如果我是鲍叔牙,简直要气疯了。

然而管仲是对的,他这辈子能报答鲍叔牙的,就是不让鲍叔牙继承相位。因为他深知,只要他一死,齐桓公就会完蛋,而鲍叔牙也会随之死于非命。果然,管仲死后的第二年,齐桓公也死了。他的五个儿子开始争夺王位,相互攻杀。齐桓公的尸体在床上躺了六十七天,蛆虫遍体也无人过问。而鲍叔牙则幸免于难,全身而退逍遥事外。

这就是深刻意义上的"管鲍之交",是管仲和鲍叔牙之间的友情,既回肠荡气,又透骨入髓。

川端与菊池

川端康成是一个孤儿，凡是读过川端小说的人，都能感受到这位作家内心因极度的唯美向往而生发出的极度忧郁之情。在川端的眼中，美最终是徒劳的，善最终是要毁灭的，所以他最终自杀了。有一段时间，他是坚决反对自杀的。他对佛学极有心得，但不知为什么，他后来写了"入佛境易，入魔界难"这句野狐禅。

然而这位终身都被悲哀情绪所笼罩的作家，每当提到他的老师菊池宽时，总是充满了感激之情和温暖之意。他多次说起这样一件事——那一年川端二十三岁，他爱上了一个十六岁的姑娘。当时他们都很贫寒，为这位姑娘找一份工作成了他们的难题。川端犹豫再三，决定去求菊池宽帮忙。当时菊池在日本文坛享有盛誉，川端和菊池并不很熟，只不过和几个文学青年一块儿去拜访过菊池两次而已。

当川端为小女友的工作一事冒昧地找到菊池后，菊池的表现让川端简直难以置信。川端这样记载："……我领了一个姑娘回来，如果有什么翻译工作，希望代为介绍。菊池唔地应了一声，点了点头，问道：'你说领了一个姑娘，是指结婚吧？'我说：'哦，不是现在就马上结婚。'我刚想辩解，菊池氏就抢着说：'瞧你，一块生活了，还不是结婚吗？'他接着又说，'我最近准备出国一年，我妻子想回老家去。这期间，我将这房子借给你，你可以和那位女子在这里同居。我已经预付了一年的房租，另外每月再给你50元。本来一次给也可以，不过还是由妻子按月寄给你好。加上你自己拿到的50元学习费，大体上够两个人生活了……'"

川端后面这样写道："这些话，简直像梦幻一般，毋宁说我都听呆了。"

将近一百年后出生的不同国度的我，在读到这一段往事记录时，也看呆了。我特别想朝菊池鞠一个躬。

在谈到结婚的时候，菊池只是说了一句话："现在就结婚，你只要不被压垮就好。"这是多么语重心长、色淡意浓的一句话啊，就像芭蕉的俳句和雪舟的画一样。后来菊池还未归来，那个小姑娘就离开了川端。菊池知道这件事后，什么也没有向川端询问，因为他生怕引发出川端内心中深沉的悲哀。事实上，自从那位小姑娘离开了川端之后，川端的一生就陷入了哀伤的情境中。

在川端的心目中，菊池一直是他的恩人。有时我不禁会想，如果没有菊池，川端会是什么样子呢？如果没有川端，日本的现代文学会是什么样子呢？

川端难得，菊池更难得。

另一位歌德

这里所说的歌德,其实就是17世纪那位魏玛公国枢密顾问,被整个欧洲乃至全世界誉为最智慧的智者、最成熟的哲人、最伟大的诗人的歌德。1822年发生的一件事,使歌德在心灵层面上产生了另一位歌德。

那年2月,七十四岁的歌德突然得了一场重病,高烧常使他失去知觉,医生找不出病灶,感觉到情况不妙却一筹莫展。但歌德就像突然发病那样,突然又痊愈了。6月份,当歌德去玛丽温泉疗养时,他竟像换了一个人,似乎这场暴病是心灵重返年轻化的征兆。果然,这个沉稳、生硬、满身学究气的老人以炽烈的、让人吃惊的热情爱上了十九岁的姑娘乌尔丽克。半年前,他还以父辈的口吻亲昵地称她为"小女儿",因为十五年前他曾爱慕过小姑娘的母亲。而这一次,他感情的火山忽然被"小女儿"引爆了,他从未经历过如此强烈的震撼和烧灼,像一个男孩子那样神魂颠倒地追逐小姑娘,甚至做出最荒诞不经的举措——他居然恳请他的朋友,一位大公爵帮他向"小女儿"的母亲疏通,希望这位曾与他有过恋情的母亲能够把女儿嫁给他。母亲的答复无人知晓——她大概采取了拖延的办法,使歌德成了无望的追求者。当十九岁的小姑娘转悠至卡尔温泉时,老人家又不顾一切尾随而至,虔诚地追踪着心爱的人,试图做最后的努力。然而那位姑娘总是态度暧昧地回应他那火烧火燎的渴望。他的痛苦随着夏日的消逝与日俱增。终于到了应当离去的时刻了,没有许诺,也无所期待。当车轮转动时,他敏锐地预感到他生命中最珍贵的东西已经成为往事。这个天才的人物向巨大的创痕垂下了头,他祈求并呼唤上帝,同时再一次,也是最后一次从生活的现实逃向诗歌世界。在从卡尔返回魏玛的忧伤归途中,歌德沉默寡言,时停时作地写下一些诗句,完全沉浸在与心灵和命运的对话中。于是,一首被题为《玛丽温泉的哀歌》(简称《哀歌》)的伟大诗歌诞生了,这是一部运用最庄严的艺术形式表达对爱情的虔诚的最纯洁的诗篇。与此同时,歌德身上诞生了另一位歌德。

  歌德把这首诗看得十分神秘,认为是命运的特殊恩赐。他把它像圣物一样珍藏起来,不愿意让任何人见到它。随后几个月的时间表明,这首《哀歌》对歌德的一生有着异乎寻常的意义。本来已经恢复健康的老人,不久后突然出现了总崩溃的征兆,似乎又要濒临死亡。歌德最知心的一位朋友日夜兼程赶来,在最紧要的关头为老人反复朗读那首《哀歌》,于是,奇迹发生了——这首诗胜过一切灵丹妙药,使健康很快回到歌德身上。

  像神灵附体一般,歌德开始精神抖擞地投入写作,在发黄的纸上重温上个世纪订下的写作计划。不到八十岁,《威廉·迈斯特的漫游时代》就已脱稿。八十一岁高龄时,他又以罕见的勇气继续他毕生的主要事业——《浮士德》的写作。《哀歌》是命运的产物,在那些痛苦的日子过去七年以后,他完成了《浮士德》这部巨著。他怀着与对待《哀歌》同样的、令人肃然起敬的虔诚,把这部诗稿也封存起来,秘而不宣。

关于桌子的新感觉

大凡对文学稍感兴趣的人,都知道日本曾有个新感觉派,其中最突出的人物是川端康成,因为他是日本第一个获诺贝尔文学奖的人。川端被普遍认为是继承了日本传统文化之美,又汲取了西方文学之"秀"的文学代表人物。他获诺奖,当在情理之中。

川端在二十多岁的时候,就和几个同道中人开创了日本文学的新感觉派。这个流派是几个年轻人凭着狂热"闹"出来的,然而却对日本的现当代文学产生了深远的影响。新感觉派的元老有横光利一、石浜金作、池谷信三郎以及川端等,他们当时都很年轻。

在此文中,我不想多说新感觉派,因为我对一张桌子产生了更大的兴趣——那一年川端二十九岁,和一个名叫秀子的女子同居,事实上就是成家了。当时川端很穷,几乎没有家私。他写小说,都是趴在啤酒箱上完成的。食具一类的东西,也直接摆在铺席上。横光利一看见这种情形,就说:"我有张旧书桌,在池谷信三郎那儿,我让池谷君给你送来吧。"

这样,川端就拥有了一张花楸木的、廉价的旧书桌,他在这张书桌上留下了值得人们永远玩味的文化刻痕。可以说,这是一张吉祥的桌子,川端曾在一篇文章里这样记载:

"最古老的花楸木桌,是令人怀念的纪念品……可以说,横光、池谷、川端都是用这张桌子开始写作的……对横光君来说,我想,说不定他的许多成名作都是在这张桌子上写出来的呢。他新建立家庭的时候,使用的也是这张桌子吧。接着,池谷君成家的时候,也是没有书桌,看来他是从横光君处把这张书桌要来的。那时候,横光君早已另有新桌子了。池谷君也是用这张书桌而成为新晋作家的。接着,我得到这张桌子的时候,池谷君也早已另有新的书桌了……虽然我们三人写处女作时都不是用这张桌子,但是作为作家成名前后、初次建立家庭以及一生中印象最深的二十多岁的时候,都是朝夕面对这张桌子的。从书桌的角度来看,可以说是它顺次地把这三个青年造就成了作家……"

这简直太神奇了,同一张桌子居然造就了三个优秀作家。这是一张怎样的桌子呢?如果说它有神性,却不尽然,它似乎也有魔性的一面。据我所知,横光正当壮年就自杀了,川端努力挨到七十三岁,还是自杀了。池谷的结局我不清楚,也不想去查资料,不知便不知罢了,何必自讨苦吃呢?只是这张桌子,却常常让我揪心。

如今各式各样的桌子很多,比如课桌、饭桌、电脑桌、老板台、大班台等等,我反倒不在乎,因为它们显然既没有神性也没有魔性,它们似乎只剩下了实用性……不,还有装饰性——我险些忘了这一性,看来我确实没资格谈新感觉。

命定的使命

不平凡的人迟早会做出一些出人意料,甚至让人诧异费解的事。他们冷不防做出的一些人生决断,常常会使普通人认为他们是着了魔。譬如法国的后印象派大师高更,四十岁之前几乎没有拿过画笔,四十一岁那年他突然心血来潮,决定要做一名画家。于是他放弃了银行经纪人的职业,抛妻弃子前往巴黎,过起了流浪画家的生活。又譬如出身天津首富之家的李叔同,以风流倜傥、多才多艺著称,才艺双绝为一时之冠。三十九岁那年却突然舍掉名师名士不做,遁入虎跑寺做了和尚,且修习戒律最严的南山律宗,开始了最清苦的修行,最终得成正果,成为南山律宗第十一代祖。

舍伍德·安德森这个名字不太为人熟悉,他的两位学生却是如雷贯耳的人物:一个是海明威,一个是福克纳。

安德森 1876 年生于美国俄亥俄州,家境很穷,始终过着贫苦流浪的生活。他的父亲有 5 个孩子,安德森是老三。母亲去世后,十四岁的安德森便到美国中西部去做苦工。后来他在美西战争中当了兵,糊里糊涂地成了英雄回到俄亥俄,又糊里糊涂地结了婚。为了生计,他辛辛苦苦地奋斗了几年,总算成为一家油漆厂的经理。他的日子开始好过起来,然而,在常人眼里不应该发生的事发生了——

1912年的一个下午,当三十六岁的安德森正在向他的女秘书口授一封商业信函时,他突然走神了,停止了他的口授,把金钱和事业丢在脑后,匆匆地走出门去。他边走边想:"这是很愚蠢的事,我已经决定不再做这些生意了……我如今出了这扇门就不再回来了……"安德森继续想,"我做些什么呢?唔,现在我可不知道。我要出去流浪,我要和人民坐在一起,听他们说话,讲些人民的故事,讲他们所想着的、所感觉着的。真是活见鬼,说不定我只是出去寻找我自己罢了……"

几经周折,安德森终于跑到芝加哥,献身于文学事业。在他所写的小说里,总有一个像他那样的人物,厌恶近代工业化社会,因而逃出牢笼,去找寻某种东西。

1919年,安德森发表了短篇小说集《小城畸人》,这部根植于美国土壤、风格独特的杰作,使他被认为是美国现代文学的先驱者之一、美国新现实主义的创始人之一。当然,安德森还出版过许多著作,限于篇幅,我这里就不一一介绍了,对他感兴趣的读者可以自己找来看。

卡夫卡曾说,他之所以要写小说,是因为上帝给了他一份委任状。莫非安德森也是如此?他迟早要去完成上帝交给他的使命。每当看到类似的故事,我就不免产生这样的困惑:为什么上帝不委派给我们一些特殊的、别致的使命呢?到底是上帝把我们忘了,还是我们把上帝忘了?

月亮与六便士

　　这是英国著名作家毛姆的一部小说的篇名,现在被我"剽窃"用在这里。我知道一个人做小偷,固然是无耻的,但更无耻的是一个人做了小偷还要给自己冠以梁上君子的美称。

　　我年轻的时候,不知道毛姆为什么为一部以法国印象派大师高更的生平为题材的小说,取这么一个让人费解的题目。说实话,我当时不知道这个标题的含义,为此我请教了不少人,他们的解释是他们也不大清楚。后来遇上一位有学问的老师,他告诉我:"因为六便士这种货币的形状就像月亮,而本质上,月亮和六便士完全是天壤之别……比如说吧,月亮就像真正的艺术大师,而六便士就像是明星,换句话说,大师心中追求的永远是辉光皎洁的月亮,而明星即使再红再紫,哪怕连骨头带皮一块算上,也只能是六便士……"

　　我没有六便士,也没有见过六便士,因而无法考证这位老师的话是否属实。但我十分喜欢他的这种解释,哪怕他的高论是自我发挥的,我也宁肯相信这种精彩的、富有想象力的诠释。

由于这个缘故,如今每当我在歌坛影坛文坛画坛上看见那些大红大紫的明星时,我的眼睛就会出现虚光,隐约从那跳跃蹦跶的幢幢怪影中,看到了六便士的形状。尤其是在当下这个明星泛滥的时代里,只要一打开电视,我就能看见琳琅满目的"六便士"。即使在元宵晚会或中秋晚会上,我们也很难看见"月亮"了,尽管"六便士"的样子那么像"月亮"。小孩喜欢把硬币存入储蓄罐里,是为了培养节俭的习惯,炒手们则喜欢把"六便士"塞入媒体中,是为了骗取大众的财物。

让人害怕的是,有些"六便士"太善于打磨自己了,锃明瓦亮的"六便士"有时足以乱真,使人误以为它就是"月亮"。比如说……比如就说林语堂吧,这个在20世纪30年代就赫赫有名、晚年又做过国际笔会会长的大文人,竟然在校阅《袁中郎全集》时,把《广庄·齐物论》中"色借日月,借烛,借青黄,借眼;色无常。声借钟鼓,借枯竹窍,借……"这一段,校阅成了:"色借,日月借,烛借,青黄借,眼色无常。声借,钟鼓借,枯竹窍借……"幸亏曹聚仁有法眼,把这个文学大师的破绽一目洞透。

当我在《鲁迅全集》中的一篇短文中读到这个细节时,不禁感到触目惊心乃至毛骨悚然,试想袁中郎的文章并不古奥,而林语堂的才名又如此高显,何以竟会犯下如此低级的错误?我百思不得其解,最后只好归结为:原来在我心目中一直是"月亮"的林语堂,说不定也是一枚打磨得很光亮的"六便士"。

光彩夺目的林语堂先生已然如此,遑论如今招摇在各种灯光下的明星呢?

我们什么时候才能等到一个月明星稀的夜晚呢?

思君令人老

我年轻的时候，也曾着迷过"意识流""先锋派"之类的写作，并以此类形式写过几篇小说。但很快，我就对这类形式不感兴趣了，我开始喜欢一些老作家的作品，比如汪曾祺、林斤澜、张中行等等。我喜欢他们的老而率真，体露真常。我不喜欢那些跟时潮、赶形势的老作家，因为时潮和形势总会变的，所以这类作品生命不会太长。我觉得，一个老作家，在写作上应该做到"从心所欲，不逾矩"。

张中行老先生是我极敬重的老作家之一。老先生在散文杂文上"暴得大名"，已经是八十岁左右了，比汪曾祺先生"暴得大名"，年岁上还要晚大约二十年。张老先生在新中国成立前前主要是当教师，还编过佛学杂志。新中国成立后到人民教育出版社当编辑，主要工作是编课本，编古文读本，等等，名气并不怎么大，但圈内的人都知道他学养深厚。季羡林曾评价张中行"学富五车，腹笥丰盈"，并称他是"高人、逸人、至人、超人"。我想，张老先生平生潜心治学，淡迫名利，生活简朴，中和顺生，确实担得起季羡林先生的评价。启功先生则说张中行先生是"说现象不拘于一点,谈学理不妄自尊大",这都是中肯之言。20世纪末,张中行、季羡林、金克木被誉为"燕园三老"。

张中行之"暴得大名",是在他发表并出版了《负暄琐话》《负暄续话》《负暄三话》《月旦集》《禅外说禅》《顺生论》等著作之后,在中国文坛上掀起一阵旋风,人称"文坛老旋风"。他撰写的文章,一度被称作"新世说新语"。其中,《顺生论》耗老先生心血最多,也是他的代表作。启功先生对他的评价是:"散文杂文,不衫不履,如独树出林,俯视风云。"尽管博得如此大名,老先生依然故我,照旧穿他的老棉袄、旧布鞋,依然吃他喜欢的老面烧饼,喝他喜欢的普通二锅头,八十多岁了还挤公共汽车。他常年寓居在女儿的家中,直到八十六岁那年,才分到一套平常的三居室。没有搞装修,保留着水泥地面,家中设置极为简约,书房里也只有两个书柜、一张书桌和一些清玩,其中以石头居多。张老先生喜欢石头,大约是喜欢"石不能言最可人"吧。他为自己的居室起了一个名,叫"都市柴门"。

我读过张中行老先生的绝大部分著作,切实感受到老先生学问深广,不仅古文极好,儒释道三家皆通,对西方哲学亦谙熟,在书法上也很有造诣。我曾在一份报纸(什么报我忘了)上看到,启功先生曾邀请张中行先生,想两人一块儿办个书法展,但张中行先生婉拒了,他说他的字写得不好,这也反映出老先生的谦逊和虚怀。

说到书法,我和张老先生还有一点小机缘——1997年,我在《广州文艺》杂志做编辑,主编要我约一些名家稿,于是我就冒昧地给张老先生写了封约稿信,并在信中更冒昧地表示想要求他一幅字。信寄出后不到一个月,回信到了,我看信挺厚,拿起信,感到信封里面软绵绵的,心头不由得一喜——里面必有字幅无疑!我小心翼翼地拆开信,果然里面有一幅字。我急忙展开来看,这一看我愣了半天——字的好不用说,是书写的内容让我愣住了,字幅的内容是:"思君令人老,岁月忽已晚。古诗十九首句每喜读之。程鹰先生正腕。丁丑冬张中行。"这下把我弄糊涂了,因为"思君令人老,岁月忽已晚"是《古诗十九首·行行复行行》里的诗句,是一位思妇写给经年不见的远方丈夫的,张老先生何以将这样的诗句题写给了我?他明明知道我是一位男编辑。还有,张老先生说他"每喜读之",这又让我纳闷,何以一位八十八岁的学者,一位哲学家、古文专家、散文大家,会对两句古代思妇写的诗"每喜读之"呢?真是"逸人"之举,常人难解。

　　随字幅还附了一短函:"上月末大札拜收。承奖掖,至感且愧。我不能书,且近来目力甚坏,勉成一幅奉上报命。手头无文稿,暂不能应命。匆匆,颂:编安。张中行拜,97.11.22。"

　　我把字幅和短函反复看,脑海里忽然浮现出儒家的"温柔敦厚"四个字来。从字幅的内容里,我看到了老先生的温柔;从短函的内容里,我看到了老先生的敦厚。

　　我和张老先生缘悭一面。1998年国庆期间,我出差去北京,想见老先生,但我没有老先生家的地址和电话号码,只能到人民教育出版社去问,出版社的人告诉我,老先生这段时间不在京,他想老家了,回家乡去了。

　　老先生于2006年2月24日在解放军305医院安然辞世,享年九十八岁,身后没有给后代留下任何遗产。

许多年又过去了,老先生给我写的字幅,一直挂在我的书房里。现今,我竟也会常常进入"思君令人老,岁月忽已晚"的境界。

忆铁生

我之见过当代不少名作家,缘于著名编辑文能先生。

20世纪80年代末至90年代初,文学还是很受国人喜爱和追捧的。1989年,我写了一个较长的中篇小说《神钓》,在当时"四大名旦"中的《花城》杂志上发表,产生了较大的影响,而文能先生,就是这部小说的责编。当时文能是花城杂志社的编辑部主任,乃当时中国"四大名编"之一。因为我发表《神钓》的时候还算年轻,二十六岁,文能先生就对我未来的创作充满了期待,他想带我去见更大的世界和更多的名家,因为当时我生活在一个很小但很有名的城市——黄山市(我多么希望它改回原来的名称,叫徽州啊)。这座城市文化底蕴深厚,但文能先生还是希望我开拓视野,认识更多的名家。于是,只要他在全国各地开展工作,比如约稿,开作品讨论会,参加各类文学活动等,他都要带上我,因此我认识了陈染、王安忆、阎连科、莫言、余华、格非、史铁生等一批当代中国名小说家。也许他们中有些人已经不记得我了,毕竟大都是一面之缘,而我又是一个刚出道的文学青年。

但我可以肯定,史铁生记得我,因为我和铁生先生有书信往来。更要紧的是,铁生的作品把我抓得很牢。

1982年的时候,读徽州师专中文系的我不知道在哪本杂志上看到了一篇很短的小说(我记不住篇名了),这篇小说写得简直不像小说,但我很快理解了作者的用意——他是想表达一个意思:每一个人都有属于自己的世界,而且各不相同,因此我们尽管对了很多话,但那都是各说各的,都是"我执"。我被这篇小说迷住了,心想,要是能认识史铁生就好了。

后来,我又在杂志上读到了铁生的《命若琴弦》。这篇小说精微的构思、从容而凝重的表述、传递的悲怆和苍凉,以及对小说人物命运的苦难和对生命美好的渴望的深刻挖掘,让我喘不过气来,只能默默地流泪。再后来,我又读到赞誉如潮的散文《我与地坛》,当时无数报纸杂志都在评论这篇散文,而我却一句话也说不出来,总觉得开口便是错。我觉得《我与地坛》是不可评说的,只能涵泳其间,默会于心。这篇散文让我意识到,铁生不仅是一位作家,还是一位思想家、哲学家。这样一来,我就更想认识铁生了。

1996年春天,花城杂志社在北京举办陈染的长篇小说《私人生活》研讨会,文能邀请我去参加,我和陈染是好友,赶忙欣然赴京。研讨会结束后的第二天上午,文能突然对我说:"走,我带你去见铁生,我和铁生已经联系好了。"

到了铁生家,铁生早已坐在轮椅上在家门口等我们了,他扶了扶眼镜,平静地微笑着和我们打招呼,然后把我们领进了家。

他让我们在沙发上坐定,然后推着轮椅到厨房拿开水来给我们沏茶。我们赶紧站起来,说我们自己来沏,可铁生坚持要给我们沏茶。可想而知,他坐在轮椅上给我们沏茶,是很费劲的,我心中不由得产生一种强烈的感觉,说不清是感动还是敬意,也许二者皆有。沏完茶后,铁生推着轮椅坐到书桌前,和我们相对而坐。铁生家面积不大,所以集客厅书房为一体。文能向铁生介绍了我,没想到铁生读过我的中篇小说《神钓》,因为他在《花城》杂志发过不少稿,花城杂志社每期都给他寄杂志,而《神钓》是在《花城》发表的,所以他看到了。他对我说:"《神钓》写得很好,很特别,灵气很足,奇异又洒脱。"我赶紧谦虚一番。他似乎对我的谦虚没在意,沉思了片刻,突然说:"你对释道两家应该很有心得。"我说:"没有没有,最多得了点皮相。"接着铁生又问:"你信佛吗?"我老实地回答:"我信!佛法真正是通一切智,彻万法源。"铁生用一种特别宁静的目光看着我,仿佛又略有所思。我忍不住问他:"你信吗?"铁生说:"我也信。原来我不太信,可当我对生命的思考越深入,我就越找不到生命的真义,后来,我在佛法里找到了。"这时,我看到铁生身后的书架上,放着一些南怀瑾和奥修的书,我们就聊起了这些书,聊着聊着就聊开了,从三无漏学聊到四禅八定,从四禅八定聊到意生身,从意生身聊到法身化身报身,最后聊到阿耨多罗三藐三菩提……聊这些的时候,铁生的表情一直很平静,偶尔会微笑一下,语调也一直是那么和缓从容。文能在一旁安静地听着,他平时话就不多,而且我知道他是信基督的。

  后来,铁生和文能又聊了一些编辑出版方面的事,就快到午饭时间了。文能和我向铁生提出告辞,铁生一再挽留我们,要我们在他家吃饺子,他说他煮饺子的技艺还不错。但我和文能还是坚持和他辞别了,我们不能让铁生辛苦为我们煮饺子。

我回黄山后,一直念着铁生,就想给他寄点黄山特产去。我想,时值春天,再也没有比寄黄山绿茶更合适的了,于是我就寄了两斤绿茶去。不久我就收到了铁生的来信,他首先向我表示感谢,然后叮嘱我以后千万不要再给他寄东西了。他还说,他是很喜欢喝绿茶的,但他不敢喝,因为喝了就多尿,而他是坐轮椅的,上厕所不方便。到了秋天,铁生给我寄了一套中国社会科学出版社给他出的作品集来。过了不久,他又给我寄了一本上海文艺出版社出的长篇小说《务虚笔记》,并附信告诉我,写这部长篇把他累坏了。

第二年夏天,我到了广州,在《广州文艺》杂志做编辑,于是就写信向铁生约稿。铁生给我回了信,信是这样写的:"程鹰:您好!我去美国玩了两个月,前日刚刚回来,见到您的信,复信迟了,请原谅。此次赴美,系一同学邀请,全部任务就是玩,与文学界毫无关系。我们乘一辆房车(车上有床),从美国西岸一直开到东岸,行程万余公里,大开眼界。您到《广州文艺》做编辑,于《广州文艺》和其作者都是幸事。不过我暂时没有文稿给您,一是因为刚刚风尘归来,心绪未定;二是我近半年多来,身体一直不大好,肾功能接近衰竭,医生要我暂停一段写作,也正因此,才出门去看看世界。过一段时间,我会写的,此生也只有此一行当可以勉强应对。祝好!问候文能兄!铁生 九七年七月二十四日。"不幸的是,收到此信不久后,文能告诉我,铁生已经肾衰竭,开始做透析了。我怕打搅铁生养病,就再也没有跟他联系。

我因为弟弟去世,父母需要照顾,2003年从广州回到了黄山,

第三辑 | 113

过着深居简出的生活。2010年12月31日——我永远记得这个日子——这天早晨6点多钟,我还在睡梦中,突然接到文能的电话,他很沉郁地说了一句:"铁生走了。"我心头一闷,沉默了好长时间才问:"什么时候走的?"文能说:"凌晨三四点钟,就在两三个小时前。"我又憋了一会儿,突然冒出一句:"写作真他妈的没意义!"

这天上午,我把自己关在书房里,尽力让自己的心平静下来,为铁生念佛,这是我唯一能够为铁生做的。下午,我从书架上取出《务虚笔记》,开始重读。这不仅是一部杰出的小说,也是一部杰出的思想史和心灵史。铁生是用生命来写作的,而他所写的,又大都是关于生命和生死的深刻思考!铁生辞世时,才五十九岁。

至今,铁生那温和而又刚毅、旷达而又执着的面容,仍常常浮现在我的脑海中。

汪曾祺先生侧记

1989年11月,汪曾祺先生和林斤澜先生来黄山玩,我有幸认识了他们,这是我一生难忘的事。据说林斤澜先生完全是为了陪汪先生,才到黄山来的。而汪先生要来黄山,则是为了"寻根",他说他祖上八代前是徽州人。我在大学时代就特别喜欢汪先生的文章,很崇拜他,甚至常常想——我这辈子要是能认识汪曾祺先生就好了。没想到他真的来了,不用说,那些天我就黏上他了。一晃近三十年过去了,但汪先生的一些言和事,还常常在我耳边、心头浮现。现在,我也是往花甲之年奔的人了,我想我应该把当年有关汪先生的零星片段、妙语微言记下来……

一、汪先生论酒

汪先生天性嗜酒,可惜那时候已上了岁数,肝又不太好,酒力已大为下跌,并不显得酒量如何大,进酒偏偏又急,一抿一大口,故而在酒桌上,最先微醺的,每每是他。汪先生说,他本来是习惯喝慢酒的，后来因老伴管得严，不准他喝酒，他只好将酒藏起来，趁老伴不注意，就偷偷猛灌一口，久而久之，就养成了这种"牛饮"的坏毛病。

汪先生说，只要看别人一端杯，他就知道此人有几两酒的量。不知他的这份眼力从何而来，亦不知他是否真有这份眼力，谁也没有当场考较过他，我猜他八成是"想当然耳"。

汪先生声称他有"三不喝"，探问其详，则曰：一不和和尚喝酒，二不和浑人喝酒，三不和女人喝酒。理由是，如果和和尚喝酒，那是害和尚破戒，坏他的修行，万万不可。如果和浑人喝酒，生怕浑人自己把自己喝醉了，转而骂人打人，难以抵挡。至于不和女人喝酒，汪先生断言："女人出马，必有妖法。"只要和女人喝酒，十回就有九回醉，只有招架之功，毫无还手之力。故而这第三个"不喝"，不是不想，而是不敢。

有一回，我陪汪先生和林斤澜先生一块儿吃臭豆腐，林老想让汪先生喝得尽兴，不停地要往他杯里倒酒，汪先生连连摇手："不能倒了，不能倒了，杯里酒是满的。"我说："您先抿一口嘛。"汪先生仍是连连摇手，醉态可掬："不能抿了，不能抿了，否则就有失道德了……老子早在《道德经》里就告诫过我们：'倒（道）可倒（道），非常倒（道）；抿（名）可抿（名），非常抿（名）。'"

得闻此言，不禁莞尔。有关《道德经》的注本，大概没有比这更别致的了。

最后一次见到汪先生，是在1994年秋，那时先生的步态已有些蹒跚，精力似大不如从前。我问他："现在还喝酒吗？""喝！"他斩钉截铁地说，"吴琼花是打不死就要跑，我是喝不死就要喝。"

有一个传闻,说有一次汪先生犯了酒瘾,然而又碍于老伴的管制,只好谎称作协要开会,遂一个人跑到楼下一家小馆子里美美地喝了一顿。酒喝够了,会当然也就结束,可以回家了。不知这是件真事,还是一个段子。不过,这已经不重要了。

汪先生是极具名士风度的。曾有人撰文说汪先生是中国最后一位名士,窃以为很贴切。从前,中国人是很崇尚名士的,就像现在人们热衷绅士一样。大致说来,名士和绅士差不多是一个意思,只不过名士必注重内容,绅士更讲究形式而已。仔细考较,名士相比绅士,尤胜一筹。不过在一个大谈绅士的日子里,愣要说名士,未免太土。既然人们已经习惯于把番茄称作西红柿,且不断强调它的营养价值,我何苦还要指向那高高挂在树上的、熟透了的、红月亮般的、可以润肺健脾的老家柿子呢?……不说也罢。

汪先生已于 1997 年仙逝。未知他在仙国中,仍事觞政否。想必依然故我吧——他曾给我写过一幅字,说是要和我会心,字面是:"我与我周旋久,宁作我。"

二、汪先生买烟

汪曾祺先生和林斤澜先生来黄山,下榻在屯溪华山宾馆的"三江楼"。他们入住的房间的阳台,正好和我家的阳台隔江相对。我把我家的阳台指给两位先生看,汪先生乐了,说:"这几天我们要是有什么事找你,我就站在阳台上抽烟;如果你有事不能来,你就站在你家阳台上抽支烟,我们就明白了。这比密电码好!"

第二天，可能因为我年轻，灵动且勤快的缘故，两位老先生指定要我陪他们，这对我而言，当然是求之不得的事，于是一大早就去了他们房间。没想到两位老先生起得也早，此刻已吃完早饭，在房间里等我。一见我到，汪先生就说："您要再不来，我就要到阳台上去抽烟了。"他说完冲我一乐，伸手到口袋里摸摸，说，"嘿，还没烟了，抽完了。"

我们下楼后，出了宾馆大门，汪先生见大门旁边有一家小卖部，就对我说："走，买烟去。"于是我跟着汪先生，进了小卖部。

汪先生走到柜台前，慢慢地从口袋里抓出一把皱成团的各种面值的钞票，缓缓地推到女售货员跟前，然后用手指点了点柜台里面的烟，说："两包双喜。"售货员从那一团钱中将平了几张，又找了一点零钱，把两盒烟和那团皱巴巴的钱轻轻推回到汪先生面前。汪先生一把抓过钱，塞入口袋中，然后拿起烟，递了一包给我，说："你一包，我一包。"我踌躇着，不好意思要。汪先生把烟塞到我口袋里，微妙地笑着说："拿着，我知道您也没烟了。"我问："您怎么知道？"他说："我刚才在房间里说没烟了，您身上要是有烟，一定会给我一支。"说完他又冲我一乐。

我陪两位老先生在屯溪的各景点玩了一天，汪先生对什么物事都感兴趣，一片瓦、一块砖、一扇窗、一盆花、一棵树等等，都能让他驻足许久，玩味半天。我因为是本地人，故而对本地风光难免熟视无睹，不感兴趣，只是待在一边抽着汪先生送我的上海双喜烟。抽着抽着，我突然舍不得抽了。

这天中午吃饭时，我便听到了汪先生关于酒的妙论。因为家里有事，晚上我没有陪两位老先生吃饭。等我忙完家里的事，再去宾馆找他们,时间已经挺晚了。房间里只有林老先生一个人,我问:"汪老师呢?"林老先生指指楼上,说:"在楼上会议室给人写字,你快上去,让他给你写一幅,他的字好!"

我依言赶紧上楼,楼上有不少人,围在会议桌旁,看汪先生写字。汪先生已经写了不少幅字了,额上冒着细汗,微微喘着气,此刻正提着一支笔对着一张横幅宣纸苦苦思索。我走到他身边,喊了他一声。他一见是我,说:"您来得正好,我没词了,您帮我想想词。"我说:"随便写一句呗。""不行,"他凑近我耳边低声说,"请我写这幅字的,是一个离过婚的、婚姻不幸的女士,不能随便写。你快帮我想想。"我想了一下,说:"柳暗花明又一村。"汪先生听了,说:"不好,不够贴切。"随后他又说,"我们到旁边坐坐,再想一想。"于是我们坐到会议室窗边的椅子上,汪先生伸手掏烟,烟又没了,我赶紧掏出他送给我的烟,递了一支给他,并为他点燃。他先是猛抽了两口,然后越抽越慢,脑子里还在思索……突然,他站起来,走到宣纸前,提笔写下:霜叶红于二月花。

汪先生写完这七个字,长长地舒了一口气,而我的心头,却突然被什么堵住了。

桌上只剩下一小条横幅空白宣纸了,我说:"这张纸无才补天,您给我写几个字吧。"汪先生说:"写累了,酒力也用尽了,怕写不好,试试吧。"说完他提起笔,仿佛很随意地在纸上写下了:我与我周旋久,宁作我。程鹰索书想能会心。

很多年以后,我才知道这是《世说新语》里的句子。而那包上海双喜烟的烟盒,我至今还留着。

三、拜谒汪先生

第二次见到汪曾祺先生,是在五年以后的 1994 年 8 月。那年 7 月上旬,我正在家里看世界杯看得昏天黑地,导演刘冰鉴突然来到黄山,把我"押"到北京去改编电影剧本《砚床》。我在宾馆里熬了一星期,终于把剧本完成了,大家都很满意,而我也没有耽误看世界杯的决赛,为罗马里奥喊破了嗓子。

第五代导演开山祖张军钊先生知道我写完了剧本,就约我到他家去住一段时间,想侃一个电影本子出来,我记得当时侃的本子暂定名为《阴阳大裂变》。我们俩侃了二十多天,没有裂变出多少东西,于是我决定回黄山,和军钊分头慢慢想。

离开北京之前,我想去拜望汪曾祺先生,于是就给汪先生家打电话,但总是打不通。我猜想汪先生家可能换了电话号码,于是就给作家出版社的著名作家陈染打电话,向她要汪先生家的电话号码,不料陈染也不知道汪先生家的号码,不过她说她很快就能问到。果然,不一会儿,陈染的电话就打过来了,告诉了我汪先生家的电话号码。我仔细地记下这个号码,然后开始拨打,我几乎打了一整天,居然还是打不通。我疑心自己记错了号码,于是再给陈染打电话核对,核对的结果是没错。于是我继续用这个号码拨打,但无论我怎么努力,就是打不通。我又开始怀疑陈染记错了号码,就请她再帮我问问。照例是不一会儿工夫,陈染的电话来了,说是她问了作协的好几个领导,都说是这个号码,没错。这下子我没辙了,心中空落落的。军钊见我魂不守舍的样子,笑着问:"你非要见这个汪老头吗?"我说:"好几年没见了,我很想看看他。这次来北京,就有这个打算,我还给他带了点土特产。"这话刚说完,我突然想起我还有林斤澜先生家的电话号码,心中一边祈愿他家的号码没换,一边拨号,很快就拨通了,接电话的正是林斤澜先生。他一字一顿地告诉了我汪先生家的号码,我一笔一画地记下来,然后又核对了一遍,这才放心。

当我拿着这个电话号码准备拨打时,我觉得这个号码和陈染提供给我的那个是一样的,这一下我的心彻底凉了,不想再打了。军钊把两个号码拿过去仔细看,突然发现了问题:敢情这两个号码最后的两个数字不同,颠倒了,比如一个是71,一个是17。于是我赶紧用林斤澜先生给的号码拨打,一下就打通了,接电话的正是汪先生。我忙自报家门,汪先生那边听了,像是忘记我了。聊了几句后,我们约定第二天下午我去他家看他,他仔细地告诉了我他家在蒲黄榆的详细地址。

因为心切,在张军钊家吃完午饭,我早早地就打"面的"往蒲黄榆奔,到了汪先生的住处,才午时一点多钟。上电梯的时候,恍惚记得电梯入口是一片积水,进了电梯上行的时候,电梯摇摇晃晃的。到了九楼(如果我没记错),我找到了汪先生家的门牌号,于是敲门。应声开门的是汪先生的儿子汪朗,他问:"您找谁?"我答:"找汪曾祺老师,约好的。"汪朗说:"我爸还在午睡。"我正踌躇着,汪先生出来了,连连说:"请进请进,昨天约好的。"于是汪朗放行,汪先生领我进了客厅。

房子是两室两厅,但都小得可怜。有一室的门始终关着,是因为汪先生的老伴施松卿因病在里面休养。汪先生领我到客厅时，我发现他的步履有些蹒跚，精气神也远不如五年前。我们在旧沙发上坐下，汪先生问我："你现在在哪里？"我答："在安徽。"汪先生说："待在安徽干吗？"此言一出，我知道汪先生已经忘记我了，于是我赶紧跟他说我是安徽黄山人，五年前曾陪他和林斤澜先生在黄山游玩。他终于想起来了，说："徽州是个好地方，好地方！"说着他递一支烟给我，与此同时，我也正掏烟递给他，两人不禁一愣——因为我们抽的都是"石林"牌香烟，汪先生一笑，说："这烟好，好抽，还不贵！"

接着，我就跟他说起找到他的艰难，并把电话号码的事跟他说了一通，不料他听后突然冒出一句："陈染提供给你的号码，是火葬场的号码。"我听后心中一愣，他却粲然一笑，有些天真，还带点调皮和得意，而我的心里，却有些苦涩和怅然的感觉。

那天下午，我在汪先生家坐了近三个小时，因为是闲聊，很随意，有许多话题我都忘了，只记得一些零星片段——我记得我们谈到书法时，我问他觉得弘一法师的书法如何？他淡淡地说了一句："别具一格。"我知道汪先生对自己的书法是很自信的，就没有就这个话题深谈下去。于是转了一个话题，我问："我在一些文章里看到，您打算写一部有关长征的长篇小说，现在开始写了吗？"他说："原来想过，现在这念头淡了。我觉得我的语言风格不合适写长篇，尤其不合适写长征这类大题材的长篇。"他说这话时，表情有些无奈，又朝客厅里摆放的小电视机上看了一眼，电视机上正播映着一部长征题材的电视连续剧。

汪先生家客厅很小，陈设也极简单，一旧的长沙发，一小电视机，一学生课桌般大小的木桌，木桌上放着一摞已经画好的花卉画。我问:"画这么多画,是准备办画展吗?"他不解地望着我,说:"办画展干吗?我这是有空的时候,就画几张,好玩。有喜欢的朋友来要,我就落个款,让他们拿去。"我听了,心中一动,想跟老先生要幅画,但我踌躇了好久,最终还是没有开口,因为我看出汪先生的身体显然不如从前,而画画也是累人的。

说到画画,我又想起一个细节:汪先生家客厅的墙壁上,只挂了一幅小画,跟一幅斗方那么大,而且是一幅水粉风景画。我好奇地问:"那幅画是谁画的?"汪先生回答说:"是南京的一个小伙子画的,没名气。"我不禁有些纳闷,因为我知道汪先生和黄永玉他们很熟,家里一定藏有一些名家妙品,为什么不挂呢?于是我问:"为什么要挂这幅画?"汪先生简短地说了三个字:"我喜欢。"我顿时说不出话来了。

客厅的地面上,堆满了《汪曾祺文集》的样书,到了将近五点的时候,我向汪先生要了一套文集,汪先生给我签完名后,我就提出告辞。汪先生说:"吃完晚饭再走吧,咱俩喝几杯。我现在没力气做菜了,让汪朗做,他现在的厨艺也不错!"我不想再烦劳老先生,就编了一个借口说不走不行。临别时,我把带的土特产交给他,说:"一斤黄山毛峰,两斤蕨菜。"一听到"蕨菜",汪先生眼睛一亮:"蕨菜?新鲜的?"我心头又是一怔,因为那时是8月份,哪里还有新鲜的蕨菜呢?我知道汪先生确实有些老了,不由得一阵心酸。

汪先生脚步蹒跚,执意要把我送到电梯口,我们就此告别。此后,我再也没见过汪先生。

1997年5月17日,在《广州文艺》杂志工作的我,得知了汪先生逝世的消息。杂志社主编让我拟一个唁电,我居然写不出来,接下来的两天,我都没有上班,把自己关在屋子里,想了很多很多。

再后来,我读了许多关于汪先生的纪念文章。

第四辑

戊戌正月于湖上
葵昌作

别有声色

来广州已经一年多了,这是第二次来广州。

我住在河南(广州人把珠江以南的区域称作河南,这让我别扭了很长时间)一个叫作凤凰新村的地方,从钉在墙上的那些绿色铁牌上可以得知,这是一个文明小区。

住房是跟朋友借的,不用花钱,所以尽管屋子里陈旧且杂乱,我还是住得十分惬意,这是大实话。

屋子曾被很浪漫地改造过,床安置在阳台上,设计得宽大而低矮,像日本的榻榻米。挨着床头,是一排宽敞的铝合金玻璃窗,尽管现在推拉都很艰涩,但可以遥想当年它们十分顺溜的景象。

刚入住那会儿,有两件事让我感到心烦:一是楼上不知谁家的阳台上,常常有一些枯萎的碎花飘到我的床头;二是楼下一只不知名的鸟儿每天清晨都要发出那种尖厉的、单调无味的喊叫,它甚至覆盖了其他鸟儿美妙动听的啼啭,令我十分恼火。

对一个客居他乡的人来说,每天都有一两片败花飘零到他床头,每天都有一只怪鸟的尖叫来妨碍他去聆听其他的鸟语,那种败兴的感觉是可想而知的。我甚至想过许多方法，要把这两件恼人的东西消灭掉，但我最终没有做到。它们一如既往，且乐此不疲。

　　记不得是哪一天，距离我屋子不远处的一片建筑工地突然开始施工了，那情形犹如战斗突然打响了一般，一时间电钻声、电锯声、撞击声、坍塌声滚滚而来，不分昼夜震耳欲聋。一连几天，当我被这种声势浩大的噪音折磨得濒临疯狂的时候，突然几声鸟音传入我的耳中，这声音如荒漠甘泉一般，倏然消解了我心头巨大的烦躁，使我重新归于宁静。这是那只怪鸟的鸣叫，它那尖厉的、单调而乏味的叫声，此刻突然具备了高亢、顽强而壮烈的意味。当一切声音都被建筑施工的噪音覆盖时，唯独它杀开了一条血路，向人们昭示另一种声音的存在。此时，不仅在早晨，即便是在白天或夜晚，都依稀可闻这只怪鸟嘹亮的叫喊——啾、啾、啾！像是在呼喊着一个坚定的口号。我心中蓦然对这只怪鸟充满了感激。

　　因为建筑施工，灰尘猛然加重了，有时半边天都是灰蒙蒙的，只要一天不抹桌子，就可以在桌面上用手指练书法。这时，我突然开始怀念那些焦红色的败花——它们已经许久没有飘到我的床头来了。有一次，我在床侧的书堆里发现了两片，是过去飘落的，在漫天尘土的日子里，它们显得十分可人，同时让我微微有些歉意。

　　花是普通的盆栽杜鹃，怪鸟的名称至今尚不知晓。那座大楼呢，想必落成之后不外乎又叫什么什么大厦吧。

广州语文

广州的语文是极其别致而有趣的,尤其是民间语文的运用,常常给人以幽默感,外地人甚至会被弄得云山雾罩的。

广州人管领带叫"领呔",许多商店的标牌上都这么写,我便自作聪明地以此类推,以为广州的皮带应该叫"皮呔",鞋带应该叫"鞋呔",不料我完全猜错了,皮带还是皮带,鞋带还是鞋带,只有领带才准带那个"呔"字,据说是袭自香港的英译音。我不懂港语,更不懂英语,难明就里,只有全盘接受的份。北京南路有一家店,宽阔的门楣上方用一排标准行书正告往来行人:"本店专营领呔、皮带等各类服饰商品。"每回路过时见了,我心里总觉得有些怪怪的。

广州人管充气叫"加风",管停车处叫"泊车位"。据说充气用广州话念起来显得不吉利,一改成"加风"就把问题解决了。所以我现在也不由自主地把充气念成了"加风",谁不想图个吉利呢?至于把停车处弄成了"泊车位",我则始终无法适应,因为在我的概念中,"泊"似乎应该和船连在一起,和车的关系不大。除非普遍使用了水陆两用车,那样也许会好解释一点。

广州人习惯把"你先走"说成"你走先",把"他还没有来(上班)"说成"他还没有回"。前者状语后置,大有古文遗风,后者平谦尔雅,人情味十足,我感觉很好。

最妙的莫过于把喝醉了说成"饮大了",大凡醉酒的人,不是舌头大了,就是胆子大了,一向怯懦的人也变得狂妄起来,"饮大了"三个字下得极准,可谓既形象又贴切,比北京的"喝高了"好!

广州语文中也有一些让人摸不着头脑的。我见过一则商品告示,写着:"法国香水没罚货,每瓶19元。"这一句话颇费思量,让我琢磨了好几天,后来特意去询问,才弄明白它的意思是法国香水之所以便宜到每瓶只卖19元,是因为它是没收处罚得来的货。这一个弯绕得太大,让人大伤脑筋。几年前,我在沙面白天鹅宾馆附近见过一长溜铁牌,白底红字印着醒目的标语:"此处单车不准放!"我知道香港由于使用繁体字的缘故,常常把两点水偏旁写成三点水,但此处似乎不准这么用,否则就没有这个"准"字了,淮河也因此而不存在。那些铁牌,不知今日尚安然否?

至于广州话里为什么把父亲的姐姐称为姑妈,而把父亲的妹妹叫作姑姐,则更加让人难以揣度,仿佛她们不在一个辈分上。或许在民俗学的意义上讲,这般奇怪的称呼别具深意,亦未可知,这里暂且按下。

广州话的发音据说有"八音",我是外地人,听不出来,我只是觉得广州话有时听起来很好玩,我至今还记得在希望杂志社工作的时候,编辑部的电话号码是5519666,用广州话一念,就成了"唔唔压狗啰啰啰",真是滑稽,特别是年轻女编辑用清脆的嗓音一念,直叫人捧腹。

有促狭者,发明了一句话"各个国家各有各的国歌",让广州人用广州话念,念出来的结果是"咯咯聒嘎、咯有咯给、聒聒",像极了母鸡下完蛋后的叫声,特有意思。

行色匆匆

在我所到过的城市里,路上行人走得最快的,要数广州。放眼望去,满街都有点"行色匆匆"的意思。广州车多人挤,要想在路上走得快,还真不那么容易,但广州人行。来广州待久了的人,也行。

广州的"赶超"意识很强,广州车辆的超车水平,堪称一流。任你人再多车再挤,他总有办法贴着你蹭过去,在重围中杀开一条血路,抢在前面。这一现象在公交车上体现得尤为明显,的士则不然,它无所谓快慢,领先也罢,尾随也罢,只要计费器还在跳着,就行。最能体现行色匆匆的,是摩托车。无以计数的摩托像蝗虫一样在路面上左穿右插,狐步蛇行,哪里有空隙,哪里就有摩托车,好像它们都练过"凌波微步"或"泥鳅功"似的。有朋友告诉我,只要看行人过马路,就知道他是广州人还是外地人。标准是:广州人过马路,从容不迫,不理会往来车辆,若无其事地就过去了。而外地人过马路,总是东张西望,瞻前顾后,瞅准一个空隙,嗖地一下蹿过去。我说,不是他们想"蹿",而是被开放城市的速度吓着了。平日里他们习惯了"静若处子",而今又被吓得"动若脱兔"。

我向来以为自己步履快捷,然而走在广州熙熙攘攘的街头,仍是常常会被别人踩脚后跟。一个接一个的人从我身边赶超过去,我不禁一边观望着行色匆匆的人流,一边想起林语堂曾给一千年以后美国百老汇描绘的理想生活场景。他说:"十字路口的警察同踱方步的人搭讪,车水马龙的马路中,开车者相遇,大家来寒暄一番,互问他们祖母的健康。有一些人则会到咖啡店去坐一个下午,半个钟头才喝完一杯橘汁。病人登记的办法取消了,'急诊房'也废除掉,病人和医生可以讨论人生哲学。救火车变得像蜗牛那样地笨,慢慢地爬着,救火人员将会跳下车来,赏识人们的吵架,他们是为空中飞雁的数目而引起的……"语堂先生这番极富幽默感和想象力的奇想,倒不失为匆忙烦乱的广州生活的一剂凉茶。

无独有偶,米兰·昆德拉也对悠闲生活和缓慢有过如下感慨:"为什么缓慢的乐趣消失了呢?从前那些闲逛的人到哪里去了?那些民族小曲中所歌咏的漂泊的英雄,那些游荡在磨坊和风车之间、酣睡在星空之下的流浪者,他们到哪里去了?他们随着乡间小路,随着草原和林中空地,随着大自然消失了吗?"

望着行色匆匆的广州街道,我不禁会想,究竟是什么魔力使活在这个城市里的人们如此忙乱呢?忙乱究竟能给人们带来什么?真是难为了广州人,他们以前可是习惯了穿木屐的。

"鑫"字诀

"鑫"这个字,字典上说是财富兴盛的意思,且特别注明"多用于人名或字号"。这是很容易理解的,三个金垒一块,想不发财都不行。至于"多用于人名或字号",也理当如此,哪一个人哪一家店不想"财源茂盛达三江"呢?

在老字号旧牌匾上,我们时常可见"德鑫""鑫恒"等字样,字体大都袭取颜柳,端庄厚重,法度森严,一见之下,心中莫名地会升起一股敬重感。新中国成立以后,这类牌匾就日益减少,"破四旧"过后,这类牌匾或裂为碎片,或化作灰烬,偶有幸存者,现在都成了文物了。这也难怪,那个年头谁要惹上一个"鑫"字,就等于长了一条资本主义尾巴。生在新社会长在红旗下的一代人,相当长一段时期里甚至不认识这个"鑫"字,不知道它的分量和价值。

改革开放、市场经济以后,"鑫"字开始重见天日,渐渐弥漫开来,大有"春风吹又生"之势。尤其在大城市,一侧目一抬头,没准就会撞上一个叫什么"鑫"的公司。显而易见"鑫"字开始再度"走红",其程度几近"发紫"。

如果我们坐汽车从广州到深圳，为了排遣旅途的寂寞而不得不向窗外观望，我们会看到很多"鑫"字。从宝安到深圳这么短短的一截路，最先映入眼帘的是一个取名为"三鑫"的公司；车子没走多远，又会遇上一个叫"六鑫"的公司；再往前走，一个叫"九鑫"的公司不由分说扑面而来。如果你还敢继续往下看，实话告诉你，一个叫"万鑫"的公司正在等着您的光临呢！我不知道光临了"万鑫"之后还有什么"鑫"，我已经被这些"鑫"弄得眼冒金星，再也不敢东张西望了。现在只要一想起那些纷至沓来、加码赌博一般的"鑫"字，我就有一种吞了金似的感觉。

　　我很难理解给这些公司命名的人的用意，财富兴盛的意愿固然好，但未必"鑫"字多就会财富兴盛。从五行上说，旺金生水，而水属坎卦，恐怕不见得是好事。从八卦上说，"鑫"属乾卦，贪念重了，把不准会陷入"亢龙有悔"的境地。

　　莫非求财心切，"鑫"字当头，命名时就丧失了想象力？

禁鸣的启示

广州市区实行汽车喇叭禁鸣举措之始，我着实替交通安全问题捏了把汗，坐在车上，每每心中不踏实。盖广州原本就人多车挤，现在又不准摁喇叭，岂非大有"盲人骑瞎马"的意思？

后来从电视上得知，经统计，广州实施禁鸣之后，交通事故反而减少了，不禁大觉宽慰，宽慰之余又感蹊跷，实在不明白其中的道理，遂向一些会开车的朋友探问究竟，答案居然惊人地一致：他们认为，禁鸣之后，他们不再依赖喇叭声，开始使用眼睛和大脑，而眼睛和大脑显然要比汽车喇叭可靠得多。

闻此言我不由得茅塞顿开，隐然想到"沉默是金""大音希声""五音令人耳聋"等哲言，且由此略悟其中真意，进而对一切多余的声音警觉起来。

现代的人们总是寄声音以很大的希望，仿佛凭借声音就可以解决一切，试看震耳欲聋的广告，汹涌如潮的新闻，层出不穷的妄语，喋喋不休的废话……喉舌成了人体最重要的器官，声音成了我们赖以生存的法宝。我们甚至已然忘却了自己还有眼睛、大脑和心灵。

如果少一些广告,广告的可靠性或许会加强;如果少一些新闻,新闻的真实性或许会增加;如果少一些妄语,妄语的罪恶性或许会减弱;如果少一些废话,大脑和心灵将会得到更充分的挖掘和利用,而事故发生率势必会因此而下降,人们的生活就会更安宁、更安全。

我们都太喜欢热闹了,所以要戒掉喧哗还真不那么容易。儒释道三家的经书上都有关于"静"的教导,不过很少有人看,看了也做不到,因为整个世界都在喧哗与骚动中。

江边漫记

广州的夜晚，珠江边实在是一个好去处。尤其是在闷热的夏夜，待在哪儿都觉得不舒服，只要往江边一坐，一阵清凉就嗖的一声打心头流过。

以两岸而论，我更喜欢南岸。就广州来说，河北边显然要繁华得多。这样坐在南岸北眺，就得了一些"隔岸观景"的妙处。我天性不喜欢待在热闹繁华的地方，但我喜欢隔得远远地看，不知这是一种什么心理上的怪毛病。有朋友奚落我说这叫"意淫"，我琢磨了一阵，觉得还真有点像那么回事。

江边摆置的石凳往往是被年轻恋人们占据了，尽管不知道他们将来是否能够走到一起，但此刻他们是坐在一块的，坐在橘红色的光影中。珠江边不像上海外滩，外滩上有"恋满为患"之嫌，凭江倾诉的恋人们一个挨着一个，像是横着身体在排队购买紧俏物资，如果让他们集体立正，你很难分清谁跟谁是一对儿。珠江边则不同，仿佛市政建设时就考虑过了，要给人们彼此留下一定空间，因而石凳与石凳之间的间距就规划得十分合理，谁也不碍谁的事。

广州的吃是举国闻名的,它如影随形、无处不在,即便是在风月怡人的江边,吃也渗透进来了——它们就是江边的烧烤。江边烧烤和爱情距离很近,只有三步之遥。在沿江的人行道上漫步,一边是羞怯的爱情,一边是火热的烧烤;一边在低眉轻诉款曲,一边在仰首大呼酒令。那情景十分别致,有人气,有市井气,不像外滩,被红男绿女们全盘"情"化了。

我时常和三两好友去江边小坐,很惭愧,我们只能和火热的烧烤坐在一边,喝几杯啤酒。"喝几杯啤酒"这句话,用广州话说起来很好玩,像是说"养鸡被背走"。我们一边喝啤酒,一边吃烧烤,扯一些不着边际的话题,想一些无法言喻的心事。江中有各式各样的船,驶过来,又驶过去。北岸色彩缤纷的霓虹灯永远那么无声无息地闪烁着,好像它们从不知疲倦,但有时又觉得它们是懒洋洋地在应付什么。江水在夜色中似乎不再流淌,它缄默无声,像一位智者。

偶尔会有几个失恋的小伙子坐到烧烤这边来,聚在一起诉说各自的伤心事。酒到酣处,或仰面唏嘘,或掩面恸哭,或勃然大骂,让人见了又激动又心酸。有一次,一个小伙子喝多了,扬言要跳珠江,大家都以为是戏言,孰料他真的扑通一声从我们的旁边跳到江里去了。他的伙伴们手忙脚乱费尽力气把他从江水中弄上来,刚一上岸,他就说:"来,我们再干一杯!"结果是浑身湿透的他把其余几个哥儿们逼醉了之后,他反倒醒了,打的把朋友们送回家。这家伙!

天将晓之际,珠江边就慢慢地弥漫出一些伤感的意思,恋人们都陆续散去,烧烤也陆续收摊,这意味着一个忙乱的白天又将开始。此时,那些石凳上,隔三岔五地坐着一些早起晨练的老人。

我曾见过一个年轻的姑娘,她的样子显得很孤单,独自在江边坐了一夜。天刚亮的时候,她突然站起来,跟在一个老太太身后学甩手,她的脸上分明还留着泪痕。

这位姑娘,不知现在何处,一向可好?

莫把冯京当马凉

二十几年前,不知为什么,"厚黑学"突然在中国风靡起来,一时间李宗吾的宝典《厚黑学》一书铺天盖地,几乎充斥了每一个书店或书摊,其中绝大多数是盗版书。人们对"厚黑"二字津津乐道、如痴如醉,仿佛只要他们对"厚黑"的精神再吃透一点,他们就可以成功了,就可以"要什么就是什么,想谁就是谁"了。时间久了,人们不再谈论"厚黑",而是把它藏在心里,并落实在行动上。他们最终到底是了不起了,还是起不了了,我就不知道了。

可怜可叹的是李宗吾,他肯定没想到他在坟墓里躺了几十年,还要蒙冤受屈。国学大师南怀瑾先生(以下简称"怀师")说起过这样一件事:抗战期间,怀师到了四川成都,想寻访高人学习传说中的飞剑,以冀凭此绝招来对付鬼子。当时的"厚黑教主"李宗吾在成都是赫赫有名的,他学问好,《厚黑学》宝典业已广为流传,算得上是一方耆宿。

有一天,怀师决定去拜访他,相见之后,李宗吾给怀师的印象是神情儒雅、态度谦和,没有一点"厚黑"的味道。两人在叙谈的过程中,自然要提到"厚黑学"。尽管是初次见面,怀师还是毫不客气地说:"你写这样的书,是要害很多人的。"李宗吾一听,顿时就急了,大声喊冤:"这天下的人怎么这么笨呢?我写的《厚黑学》,明明是讽刺厚黑的嘛,人们怎么就看不出来呢?我拼了命在骂厚黑,他们拼了命在学厚黑,这怎么了得?现在大家都封我是'厚黑教主',我这个教主只有我一个人,我不希望有一个门徒。我看哪,是人们心里想厚黑,这可就糟糕了,我真是造孽哦……"怀师微笑着说:"看来写书也要小心喔,聪明的人看得明白,不要紧,笨人就容易把书看歪了,还说是你教的。世上聪明人少,笨人多,我看你这本书麻烦大得很。"

李宗吾意识到事情的严重,一直想销毁这本书,但显然已经做不到了。《厚黑学》早已不胫而走,深得人心。

后来怀师决定离开成都,去峨眉金顶闭关三年,求证佛法。临行之前,他到了李宗吾家,向"厚黑教主"借盘缠。李宗吾问怀师需要多少?怀师说三四块大洋就够。李宗吾从屋里取了二十块大洋出来,递给怀师,说:"还是多带一点好。"怀师洒然接纳,并表示日后一定归还。"厚黑教主"连连摇手说:"不用还不用还,这是我送给你的,如果要你还,那我还算厚黑教主吗?"两人相视一笑,就此别过。

几年以后,怀师又到了成都,首先想到去李宗吾家还钱,不料李宗吾已经去世了。怀师独自找到"厚黑教主"的坟前,烧了很多纸钱还他。在纸钱燃烧的烟火中,怀师怅然了很久……

我没有读过《厚黑学》,至今也不敢读,我怕把它读歪了,错把冯京当马凉了。

月亮、指头与随意

在《楞严经》里,佛讲了这样一个现象——他说:有人用手,指示月亮给人看,那要看月亮的人,应该从所指的方向去看到月亮。假若只看着这个指头当作月亮,岂但迷失了月亮的真相,同时亦失去了这个所指的指头的作用。既不能认识月亮也错认了指头,更加失掉光明与黑暗的辨别能力……

我们常常听到的"随意"两个字,便屡屡落入这个尴尬的境地中。尤其在艺术门类里,更是如此。

因为一些炉火纯青、已臻化境的艺术大师曾指示说,艺术的最高境界是羚羊挂角,无迹可寻,创作者要顺其自然,随意为之……这话本没有错,是在指示艺术的月亮给我们看,没想到这么一来就热闹了,无数人都"随意"起来,都朝自己的鼻尖上竖起了大师的指头。

最喧嚣的是书画界,尤其以年轻人为甚,毛笔、画笔还不曾抓过一两年,什么狂草泼墨,抽象意识加超大写意,什么后现代派而且主义,阴阳皴太极皴的,会读"皴"字的还算好,不少的人读

"皱"。反过来想想也对,谁见了那样的作品都"皱"眉头,不读"皱"读什么?

古人练好一个字,耗尽十缸水。现在效率高,半瓶水养就一个大师。你说他写字手抖,他说何绍基就这样;你说他的力弱,他说弘一法师就这样;你说他的字无结构章法笔法意趣气韵,他说你不懂,这叫作——随意!

实话跟您说,能用手写字给你看算是够认真的了,还能用嘴咬着写,用脚丫子勾着写,一举手一投足,俱是妙品,上三路下三路全有功夫。更有奇特者,字比不过别人,就跟人家比谁写的字大。于是就有人用丈二的宣纸,每张纸写一个字,写完千字文,展览馆展不下,就在大广场上展出,如此荒唐之举,得到了更荒唐的赞美,说书写者创造了"书法长城"。呜呼,想不佩服都不行。

还有唱歌,什么卡拉 OK,最是"随意"。简谱都不用学,抓个话筒(有人喜欢叫"麦",还念阴平声)站在那里,一会儿像拜菩萨,一会儿像扔手榴弹,跟着伴奏旋律,随倒是随了,意不知道在哪里,还"小芳、小芳"地叫个不停,这样翻腔走调地唱,准唱得小芳"从没流过的眼泪,随着小河淌",且再也不敢到城里来了。末了还学着港台歌星"撕爱、撕爱"几声。懂得反切法的人,才能知道这"撕爱、撕爱"就是谢谢的意思。得,您老人家就别在那里只管自己随意,一个劲地"撕爱、撕爱"了,别人一身的鸡皮疙瘩,还不知何时方能消得下去,您就饶了人家吧,何必让大家得风寒呢?

随意演变成随便、放肆、胡闹乃至堕落,犹如月亮变成了指头,而指头又被说成了月亮。这种现象,差不多成了当代社会的一个毒瘤,尤其在文化行业中,更是愈演愈烈,一发而不可收。

昔日孟子在《告子章句上》中言:"学问之道无他,求其放心而已矣。"可惜如今人们嫌其言陈腐老朽,不愿多听了。

顺便再讲一个传说,说是一个人想得到于右任的书法作品,百般设法,终不可得。最后想了一个主意,便常常偷偷地到于右任家房子的四周撒尿。于右任发现后,写了一条幅贴在外面,曰:"不可随处小便。"那人便将条幅揭了去,稍加剪辑,成了另一条幅,曰:"小处不可随便。"那人自然满心欢喜,天天盯着看。没想到时间一长,欢喜之心越来越淡,惭愧之心却越来越浓了。

这个故事大概要比孟子的话好听一点,那么就听这个吧,反正大家随意。

懒散的意义

我有一些好朋友,几乎毫无例外地都有一个共同的特征,那就是懒散。很多事业心强、进取心切的人一提到他们,脸上每每会浮现出不屑的神情,性子急脾气大的,甚至会摆出和他们不共戴天的架势。这屡屡让我感到纳闷,我总觉得,懒散固然算不上体面,可瞎忙乎也未必就有多么光彩。

其实,如果仔细想想,也可以在懒散中搜罗出不少好处的,现粗略列举如下:

懒散的人大都不思进取,故而其竞争性弱,相对而言对他人难以构成威胁或危害。天性懒散的人,往往是一些和平主义者,因为他们懒于行动,所以他们极少惹是生非。

懒散的人不可能是一个好职员,你无法指望他每天按时上下班,你甚至不能要求他准时去赴约,这确实有点让人恼火。但懒散的人可以成为别人的好朋友,因为懒散和随缘往往是密不可分的。他们可以陪你喝茶、聊天,他们不会嫌你烦。只要你愿意,他们可以一直陪着你消遣,不论你是演讲真理还是满嘴废话,都不会影响他对你的态度,因为懒散的人从来不知道"时间就是金钱",否则他们就不会懒散。和懒散的人待在一块,你会觉得很放松,他们是一些毫无"用处"的人。微妙的是,唯有当你和"无用"在一起时,你才能得到最好的休息。

懒散的人富于想象。懒于行动的结果使他们的大脑格外活泼,浮想出一些匪夷所思的东西。我相信,许多智力游戏比如围棋、酒令、花道、茶道等等都是懒散的人创造出来的。懒散的人确实活得不踏实、不实在,甚至他们的言语中也有颇多"姑妄言之"的即兴发挥,但他们活得有趣味、有情调,他们的语言有灵气、有弹性,一不小心就成了文学作品,中国历史上的大文学家,绝大多数身上都带有懒散的气质。

我无法相信一个整天东奔西跑的忙人能够领略"闲坐小窗读《周易》,不知春去几多时"的意趣,也无法相信成天要"和时间赛跑"的人能体味"因过竹院逢僧话,又得浮生半日闲"的妙处,只有懒散的闲人才会对天上的雁、水里的草、摩崖上的石刻、泥地上的蚂蚁产生兴趣甚至痴迷。

因此,懒散自有它本身的意义,懒散的人自有他存活的道理。其情形犹如有人务实,就必须有人务虚;有物质,就必须有精神;有儒,就必须有道;有色,就必须有空一样。我们大可不必对懒散的人大施冷眼,懒散的人也不要对我们嗤之以鼻——不,他们不会,因为他们懒。

忽然想起清代一大懒散人袁枚的几句诗:"各有心情在,随渠爱暖凉。青苔问红叶,何物是斜阳?"

这个袁枚,实在懒得可以,连官都懒得做,这是大家都知道的。还有陶渊明,大家更知道。

相敬如宾

"相敬如宾"是一句老掉牙的话了,它是孔老夫子给我们的婚姻指南。砸"孔家店"反封建礼法那会儿,这句话着实被人们嘲笑了一阵,以后也鲜有人提及它。我们偶尔会从老人的嘴里听到这个词,大都觉得不以为然,窃以为腐朽几近于滑稽。在崇尚自由张扬个性的今天,重提"相敬如宾"无异于冬行夏令,不仅昏聩,而且荒唐。

然就我个人的体会而言,"相敬如宾"实在是一句不同凡响的话,只有洞透婚姻、明察人性的人,才能说出如此精微高明的话来,它可以说是能够使夫妻和睦相处、白头偕老的不二法门。

男人和女人,是一个体的两个面,其情形犹如阴和阳、正与负、手掌与手背。男人和女人根本不是一回事,他们分别处在两个极上。正因如此,他们才会彼此相吸,相互爱恋。男女之间两情相悦的基础,恰恰缘于他们的相异。多少年来,相爱的人们都在重复一个错误:他们努力朝对方靠近,希望对方成为自己,或自己成为对方。他们以为爱情就应该不分彼此,形同一人。他们想达到一个共同性,想合二为一,然而正是这个取消区别的过程同时也在取消爱的基础——我们无法指望两个相同的人彼此吸引、相互爱慕,不是吗?如胶似漆的梦想总是把婚姻生活误导到一个缠夹不清、一团乱泥的境地。

相敬如宾正是为了避免这种情形而设定的,它在男女之间设置了一个距离,以便保持男女各自的特性,唯有这样,爱情才能被保持下来。无疑,"敬"是要求尊重另一方,而"宾"则是在提示不要把彼此混作一团。文质彬彬的孔老夫子不会说"他人即地狱",但他表达了一个很委婉很高妙的意见——他人即"宾"。

我们常常会追忆恋爱时节的美好,而懊恼婚姻生活的不幸。我们百思不得其解,于是只得相信"婚姻是爱情的坟墓"这句俏皮的废话。其实,其中的奥秘是显而易见的:恋爱时节,男女彼此尊重,有分别心,有"宾"的概念、有"敬"的自觉,故而就有和谐与美好。可一旦结了婚,男女双方以为进了一家门,就可以合二为一,不分彼此,"宾"之不存,爱将焉附?"敬"之不存,理从何出?无爱又无理,嚄!这日子你自个儿琢磨去吧!

之所以恋爱比结婚好,就是"相敬如宾"的缘故;之所以情人比妻子(或丈夫)好,也是因为"相敬如宾";之所以同居比正式婚姻更有魅力,还是因为"相敬如宾"。如果我们忘记了"相敬如宾",等待我们的或将是"相对默然"乃至"相视如仇"。

"相敬如宾"实在高明,是生活中的"极高明而道中庸"。

婚姻如琴盒

　　婚姻是一个设计，它不是别的什么，它纯粹就是生存状态中的一种设计！它因社会的需要而衍生，同时因政治的需要而被设计成某一种模式。

　　婚姻不为爱情而存在，它既不是爱情的开始，也不是爱情的延续或加固。当然，那个说婚姻是爱情的坟墓的人也是一个傻瓜，因为婚姻压根儿和爱情没有关系，爱情只和心灵有关，它是神性的一种偶现。爱情是惠风，是电闪；而婚姻是绳索，是城墙。它们能有什么关系呢？一对狂热地爱着的人首先是不会想到婚姻的，他们后来之所以谈婚论嫁，完全是受了"男大当婚女大当嫁"这句咒语的驱使，他们要按照社会所要求的那样去做，就像我们每天九点钟必须去办公室上班一样。如果有人告诉你，你九点钟不去上班，那么你的爱情将面临危机，你或许会觉得可笑，但一旦你被告知你不结婚，你的爱情将很麻烦，你往往会信以为真。而事实上，这两种劝告在本质上没有区别，只是你的大脑被一种狡猾的设计欺骗了。

婚姻和性也毫不相干,性来自生理,它和生命息息相关,是生命之源。从表面上看,婚姻似乎为性的达成提供了一种合法性,然而究其实质,这种合法性是社会或法律追加的,其情形犹如鞋子于脚,显然,脚不会因为鞋子的取消而取消,但不知从哪一天开始,人们慢慢适应了穿鞋,以至于赤足者就成了"衣履不整",社会必然将"恕不接待"了。于是,大多数人为了方便或舒适起见,就纷纷穿起了鞋子,甚至不惜"削足适履"。

我们知道,世界年轻的时候,本没有婚姻这种东西,那时候的人们有性,也不乏爱情,但他们不知道婚姻为何物——那时婚姻还没被设计出来呢!后来,不同国家、不同民族出自社会和政治的需要,设计出许多不同的婚姻模式,然而没有一种是完美的、令人满意的。人们往往都在抱怨现存的婚姻模式,他们期待着更合理的婚姻制度被制定出来。不幸的是,这种期待本身就是愚蠢的,造成这种错误期待的原因往往是我们混淆了爱情、性和婚姻,我们以为他们是三位一体的,我们忘记了婚姻的职能和功用不在爱情和性上,婚姻和"格物修身齐家治国平天下"站在一个行列里,而爱情与性则和风花雪夜、舞蹈笙歌抱在一起。

不妨把性比作一把琴,那么爱情是琴弦,婚姻则是琴盒。如果有极美妙的音乐被演奏出来,琴盒不会因此受到追捧。如果你的演奏失败了,也不要把怪罪的眼光投在琴盒上,开始怀疑琴盒的样式是否需要改造。

功亏一"贵"

我的手掌上财运纹极浅淡,这就注定我一辈子要当个穷人。我常常因为贫困而捉襟见肘、一身狼狈。论文采的高妙,自然不敢望阮籍之项背;论口袋的羞涩,恐怕犹胜阮囊三分。奇怪的是,我的一些好朋友,往往是极有钱的,这便使我对"人以群分"这句老话持了一点怀疑态度。

仔细想想,我和金钱似乎总是有缘无分。许多年前,我的一位朋友任海南省某信托公司总经理,曾极力怂恿我去人事部,理由是我粗通一点命相学,担当这份差使极合适。我的朋友向我保证,只要我做三年,赚两百万肯定没问题。我踌躇再三,最终还是婉拒了。

据说我的那位朋友后来被撤了职,接着又有通缉令跟着他,不知他使用了一种什么遁法,至今仍是毫无踪迹。

更早一些时候,我做中学教师,一位学生家长主动要把家藏的张大千四条屏书法作品卖给我,出价仅二百元,因我当时只想当作家,无意于古玩字画,并常常用"玩物丧志"的古训来警醒自己,遂没有收购。现在扳指一算,可以说是和几十万上百万擦肩而过了。

最有趣的要数1994年。当时我的一位朋友正在闹离婚,他是位年轻有为的古玩商,因虑及离婚过程中的财产分配问题,于仓促间把他认为最有价值的两件东西转移到我家来。其一是一只品相完好的东晋青釉花瓶,其二是一幅黄宾虹的巨幅山水画。因我家的住房窄小,巨幅山水画只能放在客厅的门后,活脱如一根坚实的顶门杠。而花瓶则被安置在床底,且裹以多层毛边纸,那感觉也就跟一只尚未使用的尿壶差不离了。如今想来,实在有些于艺术品大不敬的负罪感。

这两件宝物在我们家"隐居"了近八个月,它们的命运天差地别。那只可怜的花瓶,在一个讲卫生的中午,被我妻子不慎用拖把捣成了瓷片。而那幅山水画,后来出现在瀚海拍卖会上,且以二百六十多万的巨额成交,一时成为新闻热点。后来又有高明人士用法眼看出,这幅画居然是赝品,新闻热点因此升温到沸点。然而,拍卖会也像奥运会一样,误判归误判,结果却是无法更改的。

那幅山水画,据说被一位港人买走,想必它如今正被珍藏在一栋豪华大宅里一处极隐秘的地方,非天清气朗的日子不肯面世。而那只花瓶,则被我用胶水重新粘起来,放在书桌上以供追悼,它此时已经分文不值了。

我常常会望着那只花瓶发愣,颇有些同病相怜、惺惺相惜的意思。因为我的那位朋友说,如果这只花瓶不被打碎,他甚至打算送给我。倘若果真如此,那么我也就发达了。然而事实上是花瓶和我都功亏一"贵",再也无福消受了。

黄山人写意

有朋友给我出了一道难题,要我写一段关于黄山人的短文。我不知深浅,贸然答应下来,待想翻悔,已然不及。我本是黄山人,现又要写黄山人,难免会有"不识庐山真面目"的局限。所幸的是我在广州待了近十年,总算多了一个"横看"或"侧看"的角度。

俗话说"一方水土养一方人",又说"地灵人杰",老话总是不错的。诚如昔日繁奢的金陵养就了"泥做的"宝二爷和"水做的"十二钗,奇秀的黄山和清丽的新安江孕化了睿智敏达的黄山男人与勤俭练达的黄山女性。

在洁净精微的"徽文化"的熏染下,黄山人似乎与生俱来就具有"含蓄内敛"的性格特征,深得"极高明而道中庸"的处世旨趣。我们很难用一两句典型的话来概括黄山人的精神气质,比如东北人的豪爽、山东人的憨直、上海人的精明、北京人的大方、广东人的务实……黄山人呢?——不可说不可说,开口便是错。

黄山人的内心世界极其丰富,犹如黄山的景致,集奇松、怪石、云海、瀑布等诸般气象于一身。解读黄山人是困难的,黄山人身上有云雾之气,宛如山水画中人,远观近看均有不同的意蕴与神采。

聪慧机敏的禀赋和吃苦耐劳的意志在黄山人身上形成了一种奇妙的组合,儒家的"温柔敦厚"的品格和商家的"机巧应变"的特质不可思议地在黄山人身上得以谐和。黄山人内心中极思进取,而外相上却提倡"做退一步想";黄山人有志于纵横江湖,而成功之后又总想"叶落归根";黄山人热情好客,但不会轻易地"全抛一片心";黄山人注重人情礼仪,却又精于世故算计;黄山人善于以谦虚的形式来表现自信,又懂得以体面的方式来遮掩不足;黄山人讲究"面子",但更注重"里子";黄山人喜欢在悄悄地完成事业之后再行庆贺,而不愿意在事业开始之际就大造声势。在志存高远的同时,黄山人已经做好了恬退隐忍的准备。黄山人大都习惯于"远虑",却不太害怕"近忧"。一个辛劳的农民在耕地的时候,心里没准正想着五年之后要盖的新屋地基应该打多深。一个勤俭的主妇在大年初一的时候,说不定就在开始盘算明年的三十晚应该怎么过……有人说黄山人都是"人精",我想大抵不错,只要不是"害人精"就好。黄山人自我保护的意识很强,但绝对没有侵略性,只要不被别人害就心满意足了。黄山人喜欢大家客客气气地过日子。

外地人很难看出黄山人的特点,这恰恰是黄山人的特点。我们能看出黄河的凝重、长江的壮阔、漓江的秀美,但谁能看出新安江的特点呢?它是清澈的,但有时也会浑浊;它是平和的,但也不乏奔涌的季节。在它宠辱不惊的流淌中,正在酝酿波澜壮阔的钱塘潮……黄山人的精神品格中,有一些"上善若水"的意味,有一些"大象无形"的意味。如果说"仁者乐山,智者乐水",那么黄山人堪称是仁智双修了。

黄山人对文化艺术有着千年不解的情结,这种情结化育出了文房四宝、牌楼民居、傩戏徽剧、木刻砖雕、新安画派等艺术极品。一个不谙熟徽文化的人来到黄山,最好不要轻易地妄谈传统文化,万一你说错了,黄山人不会跟你争辩,他只是冲你笑笑,但这种笑是很难消受的。

黄山人的智慧和能力是多元化复合型的,因此在各个行业都会出顶尖高手。记得有一本分析各地人才的书里说,安徽是向全国输送人才的基地,其中以徽州人(黄山人)为最。胡适当年也说过一段有意思的话,大意是:一个徽州人若想有出息,只要去到屯溪,从那里乘船到杭州,在杭州上岸后,按自己的意愿随便去往某一个地方,就会成功了。

我相信胡适的话。且不说过去徽州在一个村里竟能出几十个进士,单是分行业罗列出一串名字,就足以让人瞠目:哲学的戴震、绘画的黄宾虹、珠算的程大位、经商的胡雪岩、文化的胡适、教育的陶行知、制墨的胡开文等等,无一不是巅峰人物。即便在妓女行业,也出了一个不同凡响的赛金花呢。

黄山人是写不完说不尽的,甚至是说不清道不明的,就像费解的花山谜窟,每一种解释似乎都不够合理。像我这样的"写意",也是非常潦草轻率的,只能算作"姑妄言之",不足为凭,最好是你亲自来黄山看看,顺便品一品黄山人。

晓梦屋

年轻的时候,我请著名书法家、篆刻家石开先生为我的书房题了一个匾,曰:晓梦屋。不用说大家也知道,这是出自"庄生晓梦迷蝴蝶"一句。记得当时我和石开先生通长途电话,请他为我题写书房名,他问我:"什么斋号?"我一愣——因为我没想过,随即脱口而出:"晓梦屋"——因为当年长途话费很贵,由不得我多想。事后想来,我这个晓梦屋的急出,大约还是潜意识中受了李叔同的书房名"小迷楼"的影响。

石开先生的题字寄来后,我一看,字太大了,而书房太小,无法挂在书房的门楣上以显斯文,只好将斯文收藏起来。几年前换了个大一些的屋子,妻子把最大的房间给我做书房,但石开先生的字仍是嫌大,于是还得将斯文继续收藏起来。

我是从小就酷爱看书的,小学时即开始学写作,故而我对书房一直是很向往的。我没有"坐拥书城"那么大的气派,只要有一间房让我摆放我的书,让我能够在里面清静地读和写,就足够了。

我对我现在的书房很满意,尽管它只能摆放我三分之二的书籍,但对于清贫的我来说,已经很惬意了。我每天绝大部分时间,都是在书房里,读书、写作、学书法、练古琴、打坐等等。我们家所有与艺术有关的东西,统统都放在我的书房里,比如文玩、字画、埙、古琴、吉他、小提琴什么的……对了,还有从各地捡来的石头。书房里有这么多好玩的东西,我就不想出去玩了,我每天在客厅、厨房、阳台上待的时间,加起来可能不足一个半小时。

不知为什么,只要待在书房里,我就通体舒泰、神清气爽,感到很自在,很悠然。我可以在这片天地里做我的事,即便什么都不做,我也可以随意浮想,做我的"逍遥游"。其实,在书房里随意神游,是一件很美妙的事。游到神飞时,如列子御风;游到无心处,似颜回坐忘。这不禁使我想到维摩诘居士的方丈之室,能容几十万天人、阿修罗等的神奇景象。

当然,我在书房里更多的时间是在读书、做笔记,否则书房就不是书房,而成蠹楼了。我的藏书很杂,所以我的阅读也就很杂,这缘于我的爱好过于广泛,难以专精。但我以为,作为一个作家,爱好广泛不是一件坏事,恍惚记得林语堂也表达过类似的意思。治学则不同,需要专精,曾国藩就反复叮嘱他的儿子曾纪泽读书要专精。

因为读书杂,所以我的书房就显得乱。我在读书时,常常会读到某一节,忽然联想到另一本书里说的话,于是就赶紧找出那本书翻阅,翻阅中碰到某句话,又会想到别的书里的内容,于是又从书架上取出另一部书……如此链接牵扯,结果常常是我开头读的是萨特的《文字生涯》,两三个小时后,我手中捧的竟然是一本《天工开物》,而书桌上摊满了翻开的书。我不知道这样的阅读是不是一种坏习惯,不符合读书法,反正我自己喜欢这样读,像漫游一样,可以让感知汇成片。但也正因如此,我的书房就显得很乱,到处都是书,而且有不少书是读到一半的,折叠在那儿,仿佛被打入冷宫似的。但愿这些书不要有怨气,我迟早会把它们读完的。我自己所藏的书,基本上翻完了,但实话实说,我认真仔细读过的书,大概不会超过三百本。

书房是我的生活安心处,也是我的精神自在天,所以我不太喜欢去别的地方,趣味使然,无可奈何。有人认为我清高,真冤。

我妻子为了整洁,常趁我不在的时候整理我的书房,这使我有点哭笑不得,因为我的书虽然貌似混乱,但我心中知道它们在哪个地方,故"处处不在处处在",经我妻子一整理之后,就成了"众里寻他千百度"了。

我有不少名家给我的字幅和画,因为墙面大都被书柜占据了,我只能张挂两幅字,一幅是汪曾祺先生的,内文是:"我与我周旋久,宁作我";一幅是张中行先生的,内文是:"思君令人老,岁月忽已晚。古诗十九首句每喜读之"。我很喜欢这两幅字,每看到它们,心中既清凉又有暖意。

我认为一个家中,有三房最重要,即厨房、卧房和书房。盖厨房能厚脾胃充体力,卧房能安心神补精力,而书房,则可与天地精神相往来。

泫然对旧文

我得知白盾先生仙逝的消息,已然迟了。2009年8月4日早晨,白盾先生走了,然而我不知道,我没有在黄山市的媒体上看到这个消息,这是让我感到诧异的。8月20号,在白盾先生的纪念会上,我的老师陈墨先生给我打电话,旨在让我去参加这个纪念会,然而此时我在南京,没有接听到电话,这尤其让我觉得遗憾。

后来,我得知了这个消息,已经是很迟了,我不想认为这是一种缘悭,而是一个慈悲的老人对一个神经衰弱的晚辈的关爱。

我敢说,白盾先生一直是很关注我的,正如他一直关注历史、关注文化、关注民生一样。白盾先生是一个忧天下的学者,凡是被他关注的,就是有福的,只是他自己却未免太辛苦了。

我不擅写悼文,因为写悼文会使我格外难受,乃至语无伦次。得知白盾先生逝世的消息,如同得知关爱并鼓励我的文学前辈——如汪曾祺、张中行、鲁彦周、林斤澜等老前辈的逝去一样,我觉得我有无数的话要说,但最终一句也说不出来,只能在无数个失眠之夜里,追忆他们的音容笑貌,并感到深深的惭愧。

张紫葛先生在祭拜他的恩师吴宓先生时曾说过"谨以心香一束,泪洒一杯,祭奠我的恩师"之话语,我想我亦是如此。

我是1982年考入徽州师专(今黄山学院)中文系的。入学不久,我们就听说了学校里有一位"红学"研究大师,一位具有广博学识和真知灼见的老教授,他叫吴文慧,又叫白盾,又叫吴戈,而大多数人习惯称他吴老。我们当时很年轻,亦无见识,便很好奇——一个老学者怎么会有那么多名字呢?于是我们展开想象,我们把他想象成一个满头银发、身板挺拔、一脸严肃的老人,就像影视剧上出现的老教授一样。

我们等了一段时间,终于等到白盾先生来给我们授课了。当他走上讲台的时候,一下子就把我们想象中老教授的形象完全颠覆了——先生不高、身板不挺、头发不太白。先生的腿脚不太方便,他是拄着拐杖走进教室的,然后精神饱满地坐着讲课。

先生给我们讲过明清小说,还给我们讲过现代文学。先生的课,同学们都极爱听,因为先生学识广博,故而在授课时每每旁征博引、大开大合,间或杂以睿智的幽默和辛辣的反讽,全然没有照本宣科或呆板说教的味道,深受同学们的喜爱。所以每逢吴老上课,学生是没有一个不到堂的。先生说话的语调极其独特,忽而尖亢,忽而抑沉,有点像京剧小生的韵白。课余之时,同学们都喜欢模仿先生上课时的语调,这种不乏调皮的举动,却获得了一个意外的效果,即我们很容易地就把先生上课时所讲的内容背下来了。

随后,进一步亲近白盾先生,是缘于我们的辅导员汪大白先生的建议——他建议我们抽空到吴老家,帮助老先生打打扫卫生(因为老先生行动不太方便),我们当然欣然前往。然而,到了吴老家,他是无论如何也不允许我们替他打扫卫生的,他幽默地说:"你们是来求学的,不是来劳动改造的。再说,我觉得我这里已经很卫生了,不用打扫。"正当我们局促不安的时候,先生让我们随便找凳子坐下来,他自己坐在床沿上,突如其来地给我们讲起了鲁迅,从鲁迅一直讲到亚马孙河大森林的日渐缩小……结果是先生家的卫生没有打扫成,反而是先生把我们这些年轻的糊里糊涂的脑子清洗了一回。

　　以后,我们就常常去吴老家,或约两三同学同去,或独自去,向他请教,并聆听他随机的演讲和开示。我在吴老家所学到的,远多于在课堂上所记下的。吴老的治学纵横捭阖,心力如潮,涉猎极广,知见屡新。这在他诸多的学术著作中皆有发隐,无须我这样的晚辈来评说。不过,有一个现象不仅让当时年轻的我费解,也让现在将近知天命之年的我仍然不知——那就是:在吴老那个集书房、卧室、客厅于一体的小房间里,只有两个陈旧的小书架,而且依稀记得似乎书也没有架满——这就一直让我感到纳闷,不知道吴老的学问是怎么做出来的。我只知道当时吴老的生活颇为清苦,有时候会很想吃红烧肉而不能。如今,面对配置很好的电脑和四壁的图书,我却常常为吃不下而发愁,乃至只好借酒浇愁,结果是酒量见长而学力日下。每想及此,我不能不生大惭愧心,生大惶恐心。以佛家的话说,我庶几可算作无明;以基督教义论,是否可判为有罪呢……

　　也许是我年轻时性格比较佻脱顽皮的缘故吧,吴老建议我学习文学创作,他是较早支持我学习写作的人之一,也是较早预言我能够写出来的人之一。在文学创作方面,我的依止师是陈墨先生,这样推算起来,吴老是我的师祖。我学习写作,是在徽州师专求学时就开始的。

我二十三岁那年写了一个短篇,题为《猎人的冬天》。我将这篇习作拿去给《屯溪文艺》杂志的江志伟先生看,他肯定了这篇小说,决定发表,并建议我最好请人写一篇评论,一并发表。当时陈墨先生已去北京深造,我只能怀着忐忑之心去找吴老了。没想到他见到我终于写出了一篇稍微像样的小说,竟高兴得脸都红了,谈话的语速也格外快……让我更没想到的是,第二天先生就把评论写出来了,并托人送到我家,评论题为《可喜的艺术探求》,它们共同被发表在《屯溪文艺》1986年冬季刊上。《猎人的冬天》是我的小说处女作,竟然就有白盾先生的评论相激荡,所以我说我是有福的。

1991年底,受时潮的影响,我南下去了广州,在一家出版社工作,试图求莫名的发展。第二年我回家过春节期间,专门去拜望了吴老。吴老见了我,照例是兴高采烈洋洋洒洒地谈论了一通,让我神为之清,气为之爽。临将告别之际,吴老拿出了一份他新写的书稿交给我,想让我试一试能否为这部书找一家出版社。这部书,便是问世艰难的《历史的磨道》的第一稿。书稿近四十万字,吴老交到我手上的,是这部书的导论。四万多字的导论,由钢板刻写、手工油印装订成了一本册子。从封面到封底,用的都是薄薄的、当年用来印试卷的白纸,然而封面的刻写却是经过设计下了功夫的,竟然刻了三种大小不同、字形各异的黑体并协调搭配,天头地脚也刻上了精致的纹饰,装订是手工的线装。我记得我一拿到这份导论,心中就涌起一阵别样的感动。

我在广州为这部书找了三家出版社,都未能成功。后来,当我把几家出版社"婉拒"的消息告诉吴老时,吴老说:"稿子就留给你做个纪念吧。"因此,这份导论此刻正端端正正地摆放在我的电脑桌前,以一种深邃而淡定的态度在看着我。我知道,吴老对这部书是极为看重的,听说他后来几易其稿,进行了大量的补充和修改。这部书几经周折,直到2000年后才被安徽人民出版社和台北风云时代出版社分别出版,并产生了重大影响。

现在,白盾先生不在了,面对多年前的这几篇旧文,我只能泫然相对。国学大师南怀瑾先生曾说,《红楼梦》是一部可以让人开悟的书,读懂了它,就可以成道。白盾先生是悟透红楼的,定当往生西方极乐。

我得知先生仙逝的消息太迟了,未能给先生送行,但在我的心中,坚定地认为自己就是先生的执绋者。

纪念鲍黎健先生

如果我没算错的话,今天是画家鲍黎健先生的三七祭日。

得知鲍黎健先生辞世的消息时,我正在住院,和死神也打过一次照面。一连两晚,我难以入眠,想从鲍先生无意久驻世的境界中思考出些什么,但我的脑子始终是混乱的,心境也只是哀伤,只好一心为鲍先生念佛。

我和鲍先生只见过两次面。第一次是在一个小饭馆里,经徽学会的徐卫新先生介绍,认识了鲍先生。在座的还有书法家吴之信先生和"三百砚斋"少斋主周方先生。大家喝了一些酒,谈了一些绘画、书法、文学方面的认知。徐卫新先生激赏鲍先生的书画,我那时还没见过鲍先生的作品,加上不太懂书画,遂不敢妄言。只记得鲍先生酒喝得很少,话也很少。眉宇间透露出来的气质,是既清高孤傲又不失温柔敦厚,既淡泊宁静又不失风骨铮然。

第二次见面是两年前,《黄山》杂志的程勇军先生邀我去参加一个聚会,在"披云百变"酒店。我去了,恰巧鲍先生亦被邀请,且和我邻座。在席的人挺多,鲍先生、方见尘先生和程勇军先生我是认识的,这次又认识了做东的、鲍先生的弟子闫松先生和《黄山日报》的胡玉琪先生。席间大家谈笑甚欢,酒意亦畅。只有鲍先生依旧是酒喝得很少,话说得很少,偶尔会微笑一下。我问他:"听说你最近出了一本书画集,能不能送我一本?"他说:"我只带了一本来,你最先要,我当然要给你。"于是他送了一本集子给我,没有签名。

　　回家后我翻开鲍先生的书画集,顿时眼前一亮,被他作品的意境带到很远去了。不少精于鉴赏的人说鲍先生的书画在继承新安画派的同时,又别开生面。可叹我对新安画派也知之甚少,但我对鲍先生的书画,能产生强烈的感应,似乎有"同声相应,同气相求"的感觉,当时我的脑子里,出现了"技进乎艺,艺进乎道"这样的句子。

　　去年夏天,花城出版社要出我的小说集《神钓》,他们设计了几个封面,我都不满意,于是提出自己设计。我认识的画家不少,当需要封面题图时,我第一个想到的,便是鲍先生。我打电话向他求取,他一口应允,两天后,他发了两幅大写意给我,极好,和我的小说风格极其意合。

　　三个月前,鲍先生从青岛寄了一些虾仁给他的学生闫松先生,并特意嘱咐闫松先生转送我两盒。这两盒虾仁,至今还在我家的橱柜里,我不知道我能不能吃。

　　淡美之花,屡易先凋,清绝之人,竟尔早逝。鲍先生突然就决定独自走了,如夜间的秋雨一般。我为此想了很久,结果只想到陶渊明的几句诗文,其一是:"死去何所道,托体同山阿。"其二是:"匪贵前誉,孰重后歌。人生实难,死如之何。"

第五辑

戊戌正月於海上寓樓

花　　道

　　花和悟道似乎存在着某种不解之缘。昔日灵山会上,世尊拈花,迦叶微笑,从此开辟出禅宗一路,一滴法乳,滋养万世,这是众所周知的事了。

　　更有趣的是,花似乎还具备衡量一个修道者境界高低的功能。我们都知道佛经里的那个传说:在一个盛大的法会上,天女把花作为供养从天上撒下来,那些可爱的花姿态万千,纷纷扬扬地从半空中飘摇而落。接着,一个奇怪的现象发生了——人们发现,花经过佛和菩萨的身畔,就轻轻地滑落到地上,而当它们经过阿罗汉的身畔时,却调皮地粘在他们身上,抖也抖不掉,仿佛花蒂上装了吸盘似的。

　　我想当时阿罗汉一定脸红了,在那样庄严的场合发生这样的事,阿罗汉想必十分尴尬。是的,阿罗汉一定很尴尬,或者换一个角度说,如果阿罗汉不懂得尴尬,花也就不会粘在他们身上。其中的奥秘是显而易见的:阿罗汉内心深处依然喜欢花,只是在过去修道的日子里,他们一直试着躲避、拒绝、遗忘花乃至一切有关花的事物。他们奉行的宗旨是"头陀不三宿枯桑",更何况花呢?为了在心中取消花,他们努力了很多年。然而遗憾的是,他们心中的那个喜欢依然存在,当花真的来了,那个喜欢就顺理成章地起作用了,于是麻烦也就随即产生。他们可能会怨怪那些花太恶作剧,不给他们一点面子,他们甚至会责怪天女太多事,否则他们就不会难堪……然而事实上是他们自己把那些花粘在身上的,天女并没有错,花蒂上也没有吸盘。

有时候,阿罗汉也会和我们一样,犯一些"种了芭蕉,又怨芭蕉"的傻毛病。

在我的阳台下流着一条河,沿着河堤是一排垂柳,有两株桃树夹杂在垂柳的队伍里。通常,它们都是每年3月初就开花的,这一年却到了4月底才吐蕊。当时我刚从外地回来,它们就开始开花,且越开越盛。这个反常的现象险些使我产生了一个误解,以为桃花为我而开。我一直认为自己是个有灵性的人,所以我理所当然地认为那两树桃花正在向一个有灵性的人展示它们的灵性。每一个路过桃花的人,也会找到各自的理由来认为花正在为他开放,否则桃花就不应该在这个时候开得这么艳,否则这个反常的现象就会使人感到别扭。我们一辈子都在寻找对自我的认同,不是吗?十分强壮的人,甚至能在一个时辰之内找到一打这样的认同,他们把它们称作真理并不停地宣讲,直到那么多鼓鼓囊囊的真理撑破他们全身的每一个口袋。另一些羸弱而极聪明的人不那么容易找到认同,于是他们就说:"他人即地狱。"幽默的是,这个说法很快被另一些人找到,继而成为对他们的认同。

其实我们有一个更好的说法,我们应该说——自我即地狱。

只是我们不敢,也不愿意、不习惯那么说,因为这意味着除非把自我拿掉,否则地狱将一直存在。在这个时代里,我们唯恐个性不够张扬,唯恐自我不够突显,让我们把自我拿掉——这是开哪国的玩笑!

所以地狱一直存在。当我们意识到花并非为我们而开放的时候,花甚至也可能成为我们的地狱,我们将会反感花。

其实,花并不为谁而开放,它只是单纯地开放。不要问花为什么这样红,它本来就这样红。花开是一种自在,是生命本体的"真如"。到了该开放的时候,它就悄然开放;到了该凋谢的时候,它就随缘凋谢。一朵红色的花从来不想去成为一朵黄色的花,细腰的葫芦也决不会去鄙夷臃肿的冬瓜……它们是自在的,是如如不动的。当它们有了足够的阳光和水时,它们就以开放的形式存在;当它们缺乏那些因缘时,它们就以枯萎的形式存在。"留得残荷听雨声"或"化作春泥更护花"仅仅是诗人们多情的想法,花大概不会这么想。残荷就是残荷,它和雨声无关,就像人就是人,他和名声无关一样。

许多禅师因睹花而悟道,这是一个很有意味的现象。我们早已熟悉了"自从一见桃花后,直到如今更不疑"或"归来笑拈梅花嗅,春在枝头已十分"这些悟后的偈语,也见惯了"青青翠竹,尽是法身;郁郁黄花,无非般若"以及"一花一世界,一叶一如来"这样通达的联文,但我们仍然无法洞透它们的真义。有时我们或许都以为自己理解了这些句子,而那往往正是产生误解的时候。因为禅非言说,旨绝言辞,又怎能企图通过文字去体验禅呢?

迦叶尊者是绝顶智慧的,当他看见花的时候,他既不像有些人那样云山雾罩无所适从,也不像另一些人那样口若悬河抒情赞叹……他微笑,他只是微笑! 这个微笑是璀璨的、喜悦的、值得永远庆祝的! 我们不妨这样假想:在他看见花的那一瞬间,他的自我——那个观看者突然消失了,他因此就成了花,他的微笑就成了美丽绝伦的开放。

我甚至想象出现过这样一种情形:有的坚定的求道者,他以非凡的毅力在求道的路上走了几十年,跋千山涉万水上下求索,求教过九百九十九个隐逸的高人,尝试过九百九十九种所谓的"不二法门",却什么也没有得到。于是他丧失了一些信心,甚至产生了一些怀疑,因为现在他悟到了在极度困顿和虚弱的时候,只有稍稍休息一下才是真正的不二法门。他迟疑了片刻,终于在某个地方停留下来。这里可以是惠风和畅的山野,也可以是清流激湍的峡谷;他可以是倚在树干上享受清凉,也可以是坐在溪边贪图畅快;他当然可以是吹着口哨哼着小曲,也可以把脚浸在溪水清流中晃荡……他已经许多年没这样放松过了,现在他只想彻底放松一下。他漫不经心地一仰首,或者一侧身……突然,他看见了花……那可以是一朵花,也可以是一簇花或一片花;那可能是红色的花,也可能是黄色的或紫色的花,白色的花也没关系。且不论那是桃花、梅花、菊花还是映山红,抑或仅仅是一根狗尾巴草……总之,他看见了花!

他看着,愣愣地、单纯地看着,他甚至没有意识到他看见的是什么,在他发愣的同时,他和花之间的距离突然被取消……他成了花……然后他微笑,他开放!

他是有资格微笑的,当他成为花的那一刻,他瞥见了神性!

正如庄周在成为蝴蝶的那一刻瞥见了道一样!

　　这是最微妙的一刻,也是最美丽最神圣的一刻!以前他从未有过这样的体验,尽管他以前见过或欣赏过无数的奇花异草,也许他曾经就是个花农,栽培过九百九十九种不同的玫瑰,但他从来没有过机缘,也没有想到过要试着让自己成为花。眼前的这个达成得来全不费工夫,几乎使他哑然失笑。他曾经研究过那么多关于"渐修"和"顿悟"的道理,并矢志不移地身体力行,而现在……他只有微笑。

　　在人们病愁交加的生活中,栽花种草所带来的闲情雅趣使人们多少领略了一些花的妙处,我们发现紧张、焦虑、愁苦的心理可以在花草的芬芳与色泽中得以缓解淡化,因此我们喜欢花、欣赏花、呵护花甚至怜悯花。"花道"也由此应运而生,继而派生出各种流派,建立了各自的理论。一些特别聪颖同时又十分多情的人甚至能懂得各种花的语言,熟悉各种花的性情。他们知道花做梦的时候是什么样的情形,而高兴起来又是怎样的神态。他们嘱咐一定要让靓妆妙女浇沐芍药,而清瘦僧人则只适合浇沐蜡梅,因为他们清楚只有这样做花才会开心。他们很容易就察觉到了牡丹在宣讲儒,梅花在演绎道,莲花在阐释佛……

　　关于花,我们已经知道得太多太多,但我们仍是无法微笑,我们的生命状态仍不能因此得到升华,生活的愁苦也无法就此根除。我们试图从喜欢花里去消解什么,阿罗汉们试图从拒绝花里去得到什么,结果大家都失败了。剩下的一条途径正是最容易被忽略的,那就是——

　　我们是否可以把自我拿掉,试着让自己成为花?

鸟　语

仔细想想，我上阳台并非为了看风景，似乎和呼吸新鲜空气以及舒展筋骨也没有多大关系。我常常是在心绪一片茫然的时候，就不知不觉地走到阳台上去了。

阳台窄而小，杂物横陈，极乱。但这一切对一个处于茫然状态的人来说，不会产生败兴的感觉。更多的时候，我甚至不知道自己正置身在阳台上，因而杂乱无法对我起作用。我总是习惯倚着水泥栏杆，抽着烟，望着横伸至阳台之外晾晒的衣服。会有那些不凑巧的时候，雨悄悄地来了，且越下越欢。我愣愣地看着雨点打在衣服上，很快被衣服吸收了，然而衣服似乎并不贪婪，它们很快就知足了，当它们喝饱了雨水之后，它们就从下摆和袖口开始下雨。在这种情形下，妻子的怒叱声是可想而知的，而我则会投之以惊讶的目光，甚至觉得十分委屈。我想当时我的思维定式是：衣服＋下雨＝衣服下雨；而妻子的思维定式是：明知天下雨＋故意不收衣＝蓄意使坏。曾有朋友来为此事裁决，宣布的结果是两人都没错。

也是在那种茫然的状态中,那只画眉鸟来了——它是傍晚时分来的。我不知道它从哪里来,我甚至不知道究竟是我先看见了它,还是它先看见了我。当时我正倚在水泥栏杆上,抽着烟,忽然,在有意无意间,那只鸟就出现了。它在阳台上那盆枸杞树桩上驻足片刻,随即飞到离阳台不足三米的一株香椿树的枝梢上,歪着头愣愣地看着我。在我恍惚的时候,我的思维是点线状的,缺乏外延。当时我只注意到它的眼睛呈褐色,洁净而专注,充满了善意与同情,又像若有所思的样子,但我全然没有意识到这是一只鸟。我漫不经心地跟它搭讪:"你在想什么?要干什么?"那画眉侧了侧头,换了一种姿势看着我,仍是一副若有所思的样子。我隐约意识到这种问话方式恐怕不合适,就胡乱吹了几声口哨,试图借以表达刚才的意思。不意那画眉听了口哨之后,竟啼啭作声,像是在回答我的问话。我极想描述一下那美妙绝伦的声音,但我无力做到。人们都称少女中声音最动听者"宛若鸟语",我又能把鸟语喻为什么呢?鸟语是无可比拟的,当属天籁。

我感到非常有趣,便又吹了一段口哨,我一厢情愿地在口哨中注入了一个邀请它过来玩的意念,并把这个意念不断地重复。那鸟儿微一沉吟,又眨了眨眼睛,忽然双翅一振,噗的一声,竟果真就飞到水泥栏杆上来。它采用了一个半蹲半站的姿势,用温驯的目光看着我。直到这时,我才猛然意识到:这是一只鸟!而这只鸟居然听懂了我的意思!

我无法面对这个事实,就像一个梦游者猝然醒来,将无法面对眼前所发生的一切。一种怪异的感觉迅速传遍我的全身,我变得紧张起来,心中一阵慌乱。现在,这鸟就站在我的面前,它的尾巴几乎要触及我的手,然而这不可思议的现象使我变得毫无主张,我想伸手去触摸它,但又生怕太贸然。于是我只得不停地向它吹口哨,表达各种各样的意思,然而这一回它的反应很木然,对我不予理睬,仿佛根本不知道我在做些什么。它甚至显得有点不耐烦了,做出振翅欲飞的样子。我不禁开始疑惑:是否只有在我迷离恍惚的状态下,它才会明白我的意思呢?倘真如此,那么人和鸟的语言交流就具有可能性,只是这当中会产生一个难题,那就是当鸟明白了人的语言后,人能否懂得鸟的语言呢?我想这个障碍是难以逾越的,因为就自然灵性方面而言,人显然要比鸟笨出一大截,甚至笨到不可救药的地步。

　　我的那个五岁的孩子发现了我们,当看见一只鸟和我安详地待在一起时,他惊奇地睁大了眼睛,继而兴奋得脸都红了。他匆忙转身进屋,旋即取来一支玩具气弹枪,不由分说朝着那鸟开了一枪。我不能确定塑料气弹是否击中了鸟,这一幕发生得太突然,以至于我不能明察。总之鸟是受惊了,它仓皇地飞回到那棵香椿树上,在树枝上晃了两晃,显然没有站稳,它飞得太仓促了。但很快,它又以一种若无其事的态度打量着我们。

　　孩子在我的怒目下嗫嚅地说:"我没有装气弹,我装的是济公开胃丹。"我呵斥道:"你撒谎!"孩子委屈地分辩:"我没撒谎,不信你问它。"他说着一指那鸟,没想到那鸟竟应声啼啭,发出几个清脆悦耳的短音。我分明听见那鸟说的是:"他、装、的、是、气、弹。"不料孩子却一歪脖子,得意地望着我说:"听见了吗?它说:'是、济、公、开、胃、丹!'"

　　我霎时语塞,一时间脑子里乱成一团,一个模糊的想法在我的脑海深处某个地方盘旋,但我就是抓不住它。西天的晚霞烧得一片通红,那鸟独立枝头,目光迷离,缄默无声,洗练的羽毛上浮泛着金红的釉彩……它到底在想些什么呢?

以后一连几天,每当我独自在家的时候,那只画眉就时常飞到阳台上来玩玩。它显得很悠闲,很自在,像一个具有良好修养的优雅的客人。我偶尔送一些饼干屑给它,它也不推辞。在各类饼干中,它最喜欢的是含有椒盐的那一种,由此我知道我们有着相同的口味。我们变得越来越亲切,从某种意义上说,我们成了一对真正的朋友。

有时,它会悄然地飞到我的书桌上来,站在堆放在案头的一摞词典上。那一阵子我正寄兴于中草药,反复翻阅着一本《中草药彩色图谱》。那鸟儿似也极感兴趣,常常侧着脑袋对着图谱发愣。莫非它也和我一样,正困惑于那些开着美丽的花的植物何以被冠以"鬼臼""狼毒大戟""甘西鼠尾"等各种莫名其妙匪夷所思的名称?我想鸟大概不会给美丽的植物这样命名,它们一定会赋予花极动听的称呼。只有人类才会这么狂妄自大、自以为是地胡说八道。我试图就此事请教于画眉,但它保持缄默,像一个智者。

偶尔,那画眉会给我衔来一两颗殷红饱满的枸杞子、半生不熟的玉米粒。它觉察到我十分乐意接受它的贻赠,于是格外用心,直到费尽气力为我弄来了一条肥大粗壮的毛毛虫为止。

一个无聊的上午,我坐在阳台上一张旧藤椅里假寐,迷迷糊糊不知过了多久,忽然有一个清脆的声音在我耳边响起:"下雨了,快收衣服!下雨了,快收衣服!"我猝然惊醒,举头一看,果见天空中乌云密布,狂风四起。那只画眉正站在晾晒衣服的竹篙上,兀自不停地向我喊:"下雨了,快收衣服!"我急急忙忙刚把衣服收完,暴雨就瓢泼而下。那鸟仄了仄身,一展翅,直向雨幕中飞去,我还来不及向它道谢,它早已身影全无了。

晚饭之际,当我把下午发生的事叙述给妻子时,妻子不以为然地说:"你那是神经过敏。"我一指孩子说:"不信你问他,他也听见过那画眉说话的。"孩子倒是很乐意做证,他嚷道:"就是,就是!那天那鸟还说'是济公开胃丹'。"我连忙纠正:"不对,它是说'它装的是气弹'。"孩子急了,伸长脖子嚷嚷:"你才不对你才不对……"妻子皱着眉说:"你们嫌不嫌烦?"我说:"这也算得上烦吗?"孩子抢着说:"不对不对,那鸟没有说'你们嫌不嫌烦',它就说了'是济公开胃丹'。"我赶紧跟孩子解释:"爸爸刚才说的不是那个意思……"我还没说完,妻子就抢白了一句:"得啦,说这些有什么意思?"我顿了一顿,怫然道:"那你认为说什么有意思?说服装,还是化妆品?"妻子嘲讽地说:"其实那鸟说的话我也听见了,我听见它说:'成天胡思乱想,正经事儿不干。'"

我顿时颓唐下来,一阵莫大的荒凉感占据了我,半晌不能说话。孩子仍在一边大声说:"不对,就是不对!"妻子冲他大喊一声:"抓紧时间吃饭!"孩子愣了愣,极诚恳地说:"真的,它真的是说'是济公开胃丹',它没说'抓紧时间吃饭'。"妻子恼火透了,把筷子往桌上一掷,厉声喝道:"是我说的!不是它说的!你那么听它的话,怎么不给它做儿子?从来没见过你这么傻的孩子!还有那种神经兮兮的老子!"

孩子愕然了一会儿,手托腮帮朝母亲看了许久,神情一片茫然。我本想说上几句,把刚才的一团对话梳理清楚,但终于没敢开口,生怕越说越乱。因为此刻我已意识到自己的荒唐,人们甚至完全听不懂彼此的语言,又奢谈什么鸟语呢?

全家人均默默地低头吃饭,这是最实在的事。妻子很不高兴,孩子很困惑,我感到很懊丧。我开始相信关于我和画眉的故事确实是我瞎编的,同时想到孔子的女婿公冶长识鸟音的故事也纯粹是一个谣传。

那只画眉,以后也没有再来。不知它现在何处,一向可好。也许到了明年,它会偷偷地再来看我。

凤凰城

凤凰引

不知沱江岸上那些人家里,是否还可以常常见到白脸长身见人善作媚笑的女子。她们此刻正在忙碌些什么?

吊脚楼上是否仍有把眉毛扯得极细的妇人正把头探出窗户,在迷蒙的夜色中向某一条船高喊,提醒那个身上还带着她的体温的水手不要忘了他刚才允诺过的话?

我们知道老祖父的白塔是在一个风雨之夜倒塌的,我们知道小翠翠的虎耳草在月圆之夜会唱歌,我们知道在碾坊和渡船之间做出选择是一道令人费解的难题……但我们最想知道的,是那个出了远门的二佬他到底回来了没有。(注:老祖父、翠翠、二佬为沈从文代表作《边城》中的主要人物。)

那些骁勇善战、剑胆琴心的将士,如今是否都已功成身退?他们是在吟咏"青山依旧在,几度夕阳红",还是在默诵"英雄到老皆皈佛,宿将还山不论兵"?

春秋二季农事起始与结束时,还有年老人向各处人家敛钱,给社稷神唱木傀儡戏吗?岁暮年末之际,居民们还装饰红衣傩神于家中正屋,捶大鼓如雷鸣吗?苗巫们还穿鲜红如血的衣服,吹镂银牛角,拿铜刀,踊跃歌舞娱神吗?

东门那边,江西人是不是还在卖布?福建人是不是还在卖烟?宝庆人是不是还在卖药?

山野之中,苗家青年男女是不是还在结草标、织花带、吹木叶、打歌问姓、走坡求婚,以坦诚率真而又情真意切的形式绽放他们的情爱之花?

放蛊纯粹是一个谣传吗?苞谷烧果真能醉心吗?湘西女子的美丽多情果真源自水吗?落洞女子何以竟会至死不渝地爱上一个只有她才能看见的洞神呢?洞神究竟到哪一天才肯骑着白马来将她接走呢?……

有这么一个地方,缘于它独特的地理位置和文化格局,便可勾起人们无尽的怀想。有这么一个地方,曾因它的灵山秀水孕化出无数人杰,便足以使天下人刮目相看。有这么一个地方,用任何语言都难以描摹它——喻以秀美,则失其浑朴;喻以神奇,则失其天真;喻以洁净精微,则失其神秘莫测;喻以世外桃源,则失其奇崛热烈……总之我们无法言喻它,我们只能想象它、意会它,直到某一天早晨,你一觉醒来,就忍不住要放下一切去亲近它、依偎它,因为它可能不仅仅是沈从文的家乡,它完全有可能是我们每一个人魂牵梦萦的快乐老家——

这个地方的名字叫凤凰!

沈从文曾教我们这样去寻找凤凰——他说："若从一百年前某种较旧一点的地图上去寻找,当可在黔北、川东、湘西一处极偏僻的角隅上,发现了一个名为'镇筸'的小点。那里同别的小点一样,事实上应当有一个城市,在那城市中,安顿下三五千人口……"不用说,这个城市,便是极富传奇色彩、极具想象空间的边城——凤凰。

凤凰县由于地理上"南衔楚尾,西接黔边",军事上"扼西南苗疆之咽喉,为辰浦泸麻之屏障",逐渐成为边陲重镇。明嘉靖三十三年(1554),经朝廷批准,负责弹压湘西苗疆的镇筸参将由麻阳移驻今凤凰县城,清顺治三年(1646)镇筸参将升为副将,康熙三十九年(1700)沅州镇由芷江移驻凤凰,改称"镇筸镇"。康熙四十三年(1704),统领湖南三府一州军务、政务并直辖三厅的辰沅永靖兵备道亦由芷江移驻凤凰,自此凤凰成为湘西的政治、军事、文化中心。

"凤凰县"一名始得于民国二年(1913),其基础为凤凰营。凤凰营建于明隆庆三年(1569),位于唐代渭阳县旧址东边的山坡上,因这山名叫凤凰山,遂"因山受氏",从此这座边城就有了这样一个汇吉祥与浪漫于一体、集美丽与多情于一身的动人名称。

凤凰县在夏商时期属荆州南境,周时为楚之黔中地,秦属黔中郡。只要一想起沅江,我们就不难想到屈原;只要一想到屈原,我们就不难想象凤凰曾被那瑰丽奇谲、勾魂摄魄的楚巫文化浸染的情景。如果说黄帝在北方实现了他的政治伟业,那么蚩尤则在南方燃烧了他的文化激情。当我们在凤凰领略到中国最古老的戏剧"傩堂戏"的神韵时,我们依稀能接收到那来自生命本源的神秘感召。

　　以楚巫文化为底蕴,厚重的历史积淀和政治因素最终使凤凰成为中国南方文化的"炼丹炉"。自明宣德八年(1433)起,封建王朝曾多次调集川、鄂、滇、粤、桂等外省官兵到凤凰对付苗民起义,从而带来了外省文化的影响。乾隆六十年(1795)起,浙江山阴人傅鼐坐镇凤凰统治苗疆十三年,其属员幕僚多为江浙人士,这又带来了江浙文化的影响。咸同年间,由凤凰子弟组合成的"竿军",因其骁勇善战而成为曾国藩的铁血大旗。在这支"王牌师"中,先后崛起两位实授提督、六位总兵、九员副将、十四位参将,他们转战南方诸省,衣锦还乡之后势必也捎来了外省文化的影响。又有江西客民,未知他们和凤凰有什么宿缘,自清顺治年间起就络绎不绝地徙入凤凰经商,无意间又给凤凰添上了江西文化的色泽。且不说和川东比邻自然会得到川文化的渗透,且不说和黔北唇齿相依照例会受到黔文化的滋润……特定的历史背景和独特的地理位置,注定了汉文化与苗文化在凤凰相交融合,加之南方各省的文化因子在这里重新排列组合,千年火候万年功,终致九转丹成,形成了别具一格的凤凰文化。有时我们禁不住会突发异想:莫非横亘于古城南面的南华山上,竟早已被太上老君安置了一只肉眼凡胎难以察觉的文化炉鼎,才使这小小边城得到如此不可思议的造化?

　　边城正因为它"边",所以更容易形成多元文化的格局,这种多元文化在具象上体现为凤凰古城在语言、建筑、饮食、习俗、风情等各方面的别致独特;在深层次上的体现是培养了一种卓尔不群的人格精神,孕育了形形色色出类拔萃的人物。

我们不妨请出沈从文先生的一段文字,来为大家做一番平实而感人的介绍:"……兵卒纯善如平民,与人无侮无扰,农民勇敢而安分,且莫不敬神守法。商人各负担了花纱同货物,洒脱单独向深山中村庄走去,与平民做有无交易,谋取什一之利。地方统治者分数种:最上为天神,其次为官,又其次才为村长同执行巫术的神的侍奉者。人人洁身信神,守法爱官……地方由少数读书人与多数军官,在政治上与婚姻上两面的结合,产生一个上层阶级,这个阶级一方面用一种保守稳健的政策,长时期管理政治,另一方面支配了大部分属于私有的土地;而这阶级的来源,却又仍然出于当年的戍卒屯丁。地方城外山坡上产桐树松树,矿坑中有朱砂水银,松林里生菌子,山洞中多硝。城乡全不缺少勇敢忠诚适于理想的兵士,与温柔耐劳适于家庭的妇人。在军校阶级厨房中,出异常可口的菜饭;在伐树砍柴人口中,出热情优美的歌声……"

这实在是一段美得让人忧愁的文字。因了这地方大度的文化兼容性,每一个生存在这里的人,似乎都生来具有一种广阔胸怀和特殊禀赋,当他在挥刀砍杀敌人之时,手上还带着临池的墨香;当他在被骂作"土匪"之际,心中还惦着国民的忧患;当她因丈夫血洒疆场而孀居守寡之时,她仍会唱着忧伤的歌谣缝衣浆裳;当她因生活所迫而沦落风尘之后,她依旧不放过任何一次哪怕只在梦中出现的真情实感……这就是凤凰人格精神的所在,这种书与剑、义与诗、豪迈与顺良、忠贞与多情、桀骜与缠绵、金戈铁马与杏花春雨的奇妙合成,塑造了凤凰千姿百态的群英浮雕像——

说来简直令人难以置信,在这个一度是"地方居民不过五六千、驻防各处的正规兵士却有七千"的边陲古城,清末时竟出过四名提督、二十一名总兵、四十七名副将,民国时出过七名中将、二十七名少将。其中威名远播的代表人物有:抗英民族英雄、"定海三总兵"之一的浙江处州镇总兵郑国鸿;大灭洋人威风、高涨国人志气、怒斩洋教士的贵州提督田兴恕;讨袁护国、反封建复辟的"西南护国军"参谋长朱湘溪;辛亥革命光复南京的敢死队长、护国将军田应诏;"湘西王"中将军长陈渠珍;血战嘉善、大挫日寇的128师师长顾家齐……

我们还是忍不住想问,凤凰,这究竟是怎样的一块神奇之地?

这里是中国杰出政治家、慈善家,民国第一任内阁总理熊希龄的故乡;

这里是世界乡土文学之父、文学巨匠、考古学家沈从文的故乡;

这里是国际著名画家、中国画坛"鬼才"黄永玉的故乡;

这里是"南社"爱国诗人、与柳亚子并称"南田北柳"的田星六的故乡;

这里是大科学家、钢铁博士、中科院院士萧继美的故乡;

这里是一度誉满京沪的京剧名旦云艳霞的故乡;

这里是中央军委办公厅原代主任朱早观、中宣部原副部长兼秘书长刘祖春、中国人民武装警察部队原政委李振军的故乡……

这里好像除了没有出皇帝,什么样的人中龙凤都出现过。然而,有一个传说,说这里本来是可以出皇帝的……

我想我们应该去小城看看了。

一、高山流水

若取铁路,当可在自治州所在地吉首下车,转乘汽车折向西南,行驶五十多公里,甫过凤凰大桥,南华门会以一种突如其来的形式使你眼前顿然为之一亮——不用说,凤凰到了。

南华门是进凤凰古城的必经之门,也是湘黔公路上的一大边关,同时亦是凤凰城的一大新景。

南华门位于古城北侧,两边为红岩丹山,中间是大道,大道上方,凭空造就一座十多米高的仿古建筑,横跨两山之间,气势雄伟,别具神采。城门上方书有"南华门"三个大字,字大盈尺,古驳苍虬。

倘若有性急者,急欲先睹凤凰秀色,不妨沿道旁石阶扶栏而上,凭栏俯瞰,可见沱江清碧如玉、水色含晖;抬头远眺,满目青山连绵而叠翠,座座楼阁散浮于烟霞中。

边城凤凰,似乎不是一个能够用语言描述的地方,你只能置身其中,通过心灵去感知它、领略它。步入凤凰城,宛如刹那间就被带入一种情绪、一段乐章、一个境界,所有的语言将变得多余。事实上,凤凰只可心领神会,而不能口表言传。

我们还是请沈从文先生先开场吧——

"一切城市的存在,大部分皆在交通、物产、经济的情形下面,成为那个城市荣枯的因缘。这一个地方,却以另外一种意义无所依附而独立存在。试将那个用粗糙而坚实巨大石头砌成的圆城,作为中心,向四方展开,围绕着这边疆僻地的孤城。五百左右的碉堡,二百左右的营汛。碉堡各用大石堆成,位置在山顶头,随了山岭脉络蜿蜒各处走去;营汛各位置在驿路上,布置得极有程序……到如今,一切完事了。碉堡多数业已毁掉了,营汛多数成为民房了,人民已大半同化了……"

今天的凤凰古城,虽然不见了众多的碉堡和营汛,但我们仍可清晰读出沈从文笔下沱江古镇的风韵。多少年来的风刀霜剑,只能剥蚀凤凰的某些外在风景,却永远无法消退这里的本在气质。

沱江岸边的老吊脚楼依旧傍崖而立,一方面在轻声细语地演绎着寻常百姓人家的绵长故事,另一方面又以不露声色的表情向人们暗示某些美丽而感伤的旧事故景——

"黑夜占领了全个河面时,还可以看到木筏上的火光,吊脚楼窗口的灯光,以及上岸下船在河岸大石间飘忽动人的火炬红光。这时节岸上船上都有人说话,吊脚楼上且有妇人在黯淡灯光下唱小曲的声音,每次唱完一支小曲时,就有人笑嚷。什么人家吊脚楼下有匹小羊叫,固执而且柔和的声音,使人听来觉得忧郁。我心中想着……这小畜生是为了过年而赶来,应在这个地方死去的。此后固执而又柔和的声音,将在我耳边永远不会消失。我觉得忧郁起来了。我仿佛触着了这世界上一点东西,看明白了这世界上一点东西,心里软和得很。"

如果把沱江两岸的景色拟作一幅淡雅长卷,那么随着山势的收放,清流右折,河面顿然开阔,形成了浓墨重彩、渲染酣畅的沙湾风景带。

沙湾是沱江风景的密集地,此处一湾绿水,四面青山,庵馆、寺庙、亭台、楼阁、白塔散布周围,相映成趣。

沙湾素有"朗苑"之称,横可看龙舟竞赛,侧可观龙潭渔火,山色青苍雨洗不去,歌声婉转随风送来……

造化若无偏袒之心,何以这边风景独好?

万名塔是由黄永玉倡议,群众集资合力所创的新景致。

万名塔建立在沱江之滨、原字纸炉的遗址上。当年之所以修筑字纸炉,有一个因由:据传说,乾隆五十一年,古城扩建了笔架城以后,为培植风水,便在沙湾黄土坎江边修筑字纸炉宝塔一座,像一支巨笔,与笔架城遥相对应,意欲使凤凰城人文蔚起。只可惜这支象征文化的巨笔,在"文化大革命"中,也被一并革掉了。

1987年,这支"巨笔"被重新竖立,由黄永玉先生更名为"万名塔"。新塔比原塔更高大,拔地突起,戟指蓝天,翼角高翘,影倒江心,真正是:

塔立江滨,气壮山河扶地脉;
凤翔云汉,神交日月焕人文。

相传观景山和南华山曾构成过极佳的龙脉,使得明太祖朱元璋大为不安,为保住皇位,遂听了刘伯温的馊主意,用朱笔在山河图的龙颈部点了一点,传下圣旨,派兵挖通,致使沱江水改道。从此,凤凰城少出了一个皇帝,却多出了两道奇观:一是"万山环绕一奇峰"的奇峰,二是"虹桥南北连"的虹桥。

虹桥,又名卧虹桥,横跨于凤凰古城奇峰、观景山之间,平卧于舒缓如歌的沱江之上。虹桥始建于明洪武初年,六百多年来饱经风雨,几度变迁,至今仍以其雅致的风韵,作为凤凰古城的经典景致而存在。

道光版的《凤凰厅志》曾对虹桥有过这样的描述:"虹桥横跨沱水,长50余丈。川平风静,皓月当空,清光荡漾,近则两岸烟村,远则千山云树,皆入琉璃世界中。桥上徘徊,恍似置身蓬岛。"故有"溪桥夜月"之美名,列为古城八景之一。

如今,作为历史文化名城的景点,虹桥已经饰就,风雨楼业已落成,登楼可观望东岭迎晖、奇峰挺秀、梵阁回涛、龙潭渔火、南华叠翠五大景观。烟霞舒卷,红绿掩映,绮丽多姿,较之当年的"溪桥夜月",有过之而无不及。

虹桥,你究竟是一段旧文呢,还是一首新诗?或许,正是在新旧之间,你用一种不说而说的方式,教我们去理解美的真谛……

桥的意义是帮助人们到达彼岸吗?如果是,那么在八万四千种到达彼岸的法门中,凤凰人以其非凡的智慧,向我们示范了最精致、最简练、最方便的几种。

虹桥北端有一孤峰,名曰"奇峰挺秀",为凤凰县城八景之一。

"奇峰挺秀"古名"飞来峰""独秀峰",传说是秦始皇统一天下后,用赶山鞭将它从北方赶来的。未知秦始皇此举用意何在,竟凭空为凤凰古城增添了一道奇景。

明嘉靖十年，"飞来峰"上建有奇峰寺，清嘉庆五年改建为文昌庙，后建奎星阁，后又改建为奇峰阁，再扩建修葺，名为奇峰寺。

以前，奇峰之上，除了别具一格的寺庙建筑之外，还有三奇：一是"龙窟"，峰顶左旁有一小洞，洞口朝天，上盖石板，半掩其口，深不耐测，据说内潜断尾龙一条，若遇天气变化，就会出洞现身。二是"雨明碑"，于峰顶右侧杂草丛中立有石碑一块，碑文晴天不见，笔画不明，雨天则字迹洁晰，跃然入目。三是"三合树"，即本树同根，根部合围逾丈，离地后一分为三，成青果、皂角和野柿树，交缠互抱，扬扬直上，高数丈，花叶并茂，同气连枝。

遗憾的是，"三奇"如今已不可再见，寺庙亭阁也已化作残墙断砖……

许多美丽的东西都消失了，只能想象了。

"山不在高，有仙则名；水不在深，有龙则灵。"

南华山不算太高，然而确乎很有仙气。

这座国家森林公园，在东西长 3 公里、南北宽 5 公里的景区内，有大小峰峦 45 座，山梁 57 条，沟涧谷壑 72 个，山泉小景 21 处。它包括了虎尾峰、兰径樵歌、山寺晨钟、石莲阁、观景山、观日台、壹停亭、芙蓉台、迎凤关、金钩挂玉等景点，山、水、林、泉、洞、谷、壑俱备，集雄、奇、险、秀、幽、雅为一体。朝则薄雾笼青，暮则斜阳凝紫，雨来泼墨，烟散浮纱，淡妆浓抹，莫不相宜。

壹停亭位于南华山曲径的半山弯处，为九十年代新建的六角小亭。

此地原名"饮虹井"，《厅志》有载："藤树萝荫，泉水潺潺，夏日雨过虹起,一头注于井内,红绿满山,灼灼耀目。"饮虹井的泉水常年不干,清凉甘甜,饮之如琼浆玉液。

壹停亭有一段碑记,写得极好:"亭上绿树连云,亭前繁花匝地,流泉泻玉,直下峭壁,山雉振羽,时鸣幽谷,春日寻芳,夏日浴风,秋节赏叶,冬令对雪。无论童叟贤庸,皆当有所得……游者步入其中,或凭栏驰目,或倚柱骋怀,万物纷至沓来,似与人亲,不亦乐乎!"

作为国家森林公园,南华山留有极为可观的马尾松林景观、杉木林景观、阔叶林景观、水杉林景观、毛竹林景观等多元森林景观。

茂林幽涧中又是鸟兽的天然乐园,南华山中,各类珍禽异兽有数十种之多。

南华山的云和雾是有灵性的,观察南华山的云雾是多是少,是动是静,可知天气晴雨,验之不爽,实在蹊跷。

我们说南华山有仙气,可不是瞎说的。

古城之中的老石板路仍然纵横交错,沉稳踏实地记录着五湖四海往来过客的繁忙足迹。

一块块粗硬厚重的红色砂岩石,默默地组合成东正街、十字街、中营街、登瀛街、文星街等数十条古城街道。多少仁人志士从这些石板上走出去,又走回来……

"……为希望从这个梦魇似的人生中逃出,得到稍稍休息,过不久或且居然又会回到这个梦魇初起处的旧居来,然而这方面,人虽若有机会回到这个唱歌吹笛的小楼上来,另一方面,诗人的小小箬叶船儿,却把他的欢欣的梦,和孤独的忧愁,载向想象所及的一方,一直向前,终于消失在过去的时间里。"

走出抑或返回,无论结果如何,石板街道想必最能理解。

雄奇傲然的东门城楼,在你年深月久的顽强守望中,你都看到了什么?

东门城楼有一个辉煌的名字,叫"升恒门",位于城东,面对东岭,侧临沱江。城楼的建筑造型系仿北京前门,用专制城砖砌筑。对外一面开枪眼两层,每层4个,楼高11米,歇山屋顶,下层覆以腰檐,气势磅礴,庄严雄伟。

仰望东门城楼,我们脑海中突然浮起海明威所写的一本书,书名叫作——《太阳照常升起》!

悲壮激越的北门城楼,在你屡经风雨的沧桑岁月里,你都听见了什么?

北门城楼有一个儒雅的名字,名曰"璧辉"。城楼上刻有《三国演义》戏剧人物和异兽等十多幅浮雕,既古朴生动,又冷峻肃杀。据说北门城楼从前一直是战事最频、鏖战最烈、杀人最多的地方。

仰望北门城楼,我们脑海中浮起海明威所写的另一本书,书名叫作——《丧钟为谁而鸣》!

二、楼台泛音

朝阳宫,亦即陈氏宗祠,位于县城中西门坡,现设书画院于内,是凤凰古城中至今保存最完整的一座近代仿古建筑的宗祠杰作。

宗祠的建筑造型是典型的四合院,由大门、正殿、戏台、左右包厢、厨房、厕所等14间房屋组成。整栋建筑布局对称,内檐装修、瓦饰、楹联及浮雕、彩绘等,无不精致工巧、典雅大方。

朝阳宫是一个需要细心观赏、静心体悟的地方。

戏台不大,约25平方米,然而却上演过无数古典戏剧,以供人们重审历史的人生或人生的历史。有联文为证:"数尺地方可家可国可天下,千秋人物有贤有忠有神仙。"

朝阳宫也不大,占地约540平方米,然而却以超然的雍容大度,给四方游客以高远的激励和深切的关怀。同样有楹联为证:"瑞鸟起蓬蒿,翼搏云天高万里;嘉宾莅边隅,眼观楼阁总多情。"

陈范故宅是另一种古典式四合院的范本,是凤凰古城府院宅第的代表作。

这座住宅继承古老院墙所围就的空间古典式四合院的建筑模式,平面布局对称,总体为长方形,四周有8米高的封火院墙围护,院墙下有1米多高的腰子岩,齐整有序,是一个内向性、收聚性、封闭得与世隔绝的典型的四合院建筑。

屋内装修极为讲究,雕饰精美近乎奢华,整个房屋属纯木结构,高深的院墙承担了防火防盗的光荣任务,群众称之为"印子屋"。

一个人住在这样的屋子里,大概心里总会觉得很踏实、很安然吧,又或会产生些许落寞与孤独,那也不一定。

一个人想要住进这样的屋子,是不是需要数世修来的福气呢?

缘于对宗教的情怀,你可以去看看准提庵、三王庙、城隍庙等等。在这座小小古城中,不仅出过835座碉卡哨台营堡,还出过56座形形色色的庙宇,这不能不说又是一大奇异处……

"慈航本是度人物,怎奈众生不上船。"这大约正是诸佛菩萨因为大悲心而生起的大烦恼吧。

古城东门外的天马山麓、沱江的回龙潭上,有一座庵,叫准提庵,又称作"梵阁",把准提庵与回龙潭里鼓荡的涛声并融,便成了凤凰八景之一的"梵阁回涛"。

准提庵是一片清静所在,《凤凰厅志》中曾有过这样的写照:"两溪合流,汇于江心寺下,红黄异色,急流飞溅,触石旋涡,随风鼓浪,正如两龙过峡,雨骤雷轰,亦大观也。老僧诵经阁上,梵音与涛声相和会,心应不远。"

准提庵始建于明末,后屡毁屡修。现在的准提庵,占地面积300平方米,自大门拜入随缘而上,有殿、有楼、有亭、有台、有山、有水,曲径苍苔,佳木修竹,藤萝葱郁,兰蕙芬芳,既是一方清凉自在的净土,又是一座"移天缩地"的园林。

准提庵的主体建筑系单檐穿斗式构架,歇山式屋顶盖,小青瓦砖卷半圆形拱门,门的两边开有两个大的圆形花窗。

有一个有趣的传说,说这两个花窗是准提菩萨的眼睛,直瞪着对岸那边江西会馆万寿宫,窥视他们发财的行径。自此,江西会馆里的江西人财源梗阻,生意日衰,江西籍商民也就因此责怪乃至怨恨这双神奇的菩萨眼睛。

这个传说固然生动有趣,然而理当纯属臆想杜撰,因为想必准提菩萨还不至于那么喜欢多管闲事,而江西客民也不至于那么胆大妄为,连菩萨都敢恨。

阿弥陀佛!善哉善哉!

如果说文庙的主人孔子曾教诲后人"不语怪力乱神",那么三王庙的建立恰恰和孔子唱了一个对台戏,具有浓烈的"怪力乱神"的意味。

三王庙位于古城东门外南华山麓,又称天王庙和二侯祠。三王庙里祭祀的三王,生平事迹,传说不一,大抵都是匪夷所思、怪诞离奇的传奇故事。然而这一胎所生的三兄弟,想必都不是凡庸之辈,否则也不会被立庙祭祀。

据记,三兄弟名为杨胜龙、杨胜彪、杨胜纂,状皆魁猛,剽悍异常,曾为宋孝宗皇帝立过显赫战功,后又死于宋孝宗所赐的"御酒"。

皇帝的心思,常人总是难以猜得透。杨氏三兄弟死了两年之后,大约是越想越不服气,遂英魂显噪于京都临安,并在朝廷上将奸臣掐死。宋孝宗因此忏悔误听奸佞而害死杨氏兄弟,便封他们兄弟为"白帝天王",这就是"天王"的来历,同时"命祀专祠",一建乾州鸦溪,一建凤凰观景山麓。

天王庙在苗疆最负盛名,过去,正殿梁间挂满了官商士民叩献的"威镇苗疆""神恩浩荡""灵应不爽""有求必应"等各式木质金漆匾额,香火极旺。

天王庙果真这么灵验吗？那得进去拜一拜求一求才知道。

缘于对旧商人的认知,你可以去看看万寿宫,这里曾是江西商人辉煌的会馆——

会馆,是"客居留寓者为了祭其祖先,洽比乡里"而建。凤凰历史上客居者较多,先后在县城内建立了各类会馆,其中规模最为宏大的,是江西商民所建的万寿宫。

万寿宫是一组既恢宏又玲珑的建筑群,前后共建殿宇、楼阁、房屋20多间,占地4000多平方米。万寿宫坐落在素有"朗苑"之称的"东岭迎晖""龙潭渔火""梵阁回涛""溪桥夜月"凤凰八大景的四大景之中,背靠东岭,面临沱江,坐东北、朝西南,崇垣高阁,宽敞宏伟,可谓得古城风水之冠。

位于万寿宫正殿左侧的遏昌阁,堪称整个建筑群当中的绝唱。阁平面呈正六边形,攒尖顶,以抬梁式大木构架为主体,分三层三檐,上布小青瓦,逐层向内收缩,形似金塔。屋面下层平缓,上层陡峭。各层均出檐起翘,檐下以卷棚支撑,构成垂脊屋檐,呈曲线,似羽翼展飞,下坠铜铃,每当风动铃响,则有清音远播。

整个包括遏昌阁在内的万寿宫建筑群,被拥护在马蹄形的砖石结构的围墙之中,像海市蜃楼般,在"水光潋滟晴方好,山色空蒙雨亦奇"的诗境里向人们透露关于财富和美之间的信息。

黄永玉曾有过这样的追忆："……万寿宫过去租给人做道场，几天几夜锣鼓喧天，晚上放荷花灯，眼看几百盏发着温暖、粉红光点的荷花，伴着箫笛细打，慢慢漂到远远的下游去……"

那该是怎样的一种情景啊？

缘于对教育的关切，你可以去看看文庙、文昌阁小学和三潭书院，这里是无数人才开蒙的摇篮——

有一位凤凰老人曾撰文记录过往日的文庙，他说：

"文庙在登瀛街，靠近璧辉门，东西向，南邻道台衙门。始建于清康熙年间，后经扩建，成为一庞大的建筑群。布局合理，整齐庄严，建筑工艺精湛，雕刻装饰华美，是城内不可多得的建筑物。

"文庙的整个布局，实为两大部分组成，分开看又各自成形。进入头门，先看南半部：入仪门，北边有土地祠，中间有庭院，庭院的南边有房三间曰日省斋，北边有房三间曰时习斋。庭院正中为明伦堂，北侧有小门通往大成殿，日省斋的两边有崇圣祠，再西为省牲所。

"北半部前有黉墙一道，后面是一块大坪，过石牌坊棂星门，有泮池，池上石桥并有石栏杆，左右有金桂银桂各一株。西向大成门，北有钟楼，南有鼓楼，中间有庭院，两边是东庑西庑，祀七十二贤，正中一平台，大成殿气势庄严雄伟，雕饰栩栩如生，祀孔子牌位，大成殿后为后殿，祀孔子的父母。

"清朝以及民国时期，每年春秋两季的仲月上丁日，要祭祀孔子，文武百官全体参加，以牛、猪、羊各一头为祭品，全套古代的祭器、乐器。祭礼遵循旧制,极其隆重,抗日战争开始,每年不再祭孔……"

现在,文庙的旧观已不复存在,只保存了大成殿和桂花树,静静地矗立在校园里,有些怅然的样子。

有些风景确实不再回来了,我们只能通过一段文字、一幅画面去追忆或想象,不过因此你可能会在心头产生别一番滋味……

沈从文的得意弟子汪曾祺曾说:"小说就是回忆。"

法国文学大师普鲁斯特曾说:"记忆中的乐园才是最美的乐园……"

文昌阁小学的前身,是文昌庙,始建于嘉庆六年。原有正殿三间,头门一间,牌坊一座,月池一轮,门楼一座,偏左附魁星阁厅屋六间,住房二间,规模宏大。

据说文昌庙的选址,在风水堪舆方面是颇费了一番功夫的,可谓集山川之精英,汇天地之灵气。在修建文昌阁的同时,又兴建了石莲阁,重修了玉皇阁,相互映衬,以构成"朱雀舒翼"的飞天之势。

在文昌庙的基础上,清光绪三十一年,由同盟会会员田星六和韩善培发起创办第一所官办新式小学,即文昌阁小学,它是湘西土家族苗族自治州的历史名校。以文学家沈从文、政委李振军、科学家肖纪美、画家黄永玉为代表的莘莘学子,都是从这里走出校门,走向社会,走向世界的。

文昌阁小学位于沱江之滨、南华山北麓,为南华叠翠、兰径樵歌、山寺晨钟、虎尾峰、芙蓉台、烈士纪念碑等十多个景点所环拥。

四周层峦叠翠、嘉木葱茏,整所学校均浸润于馥郁香气之中,令人神为之清,心为之怡。

校园之内,有灵山、有奇石、有楼阁、有亭台、有嘉木、有异花、有小桥荷池、有清泉流水,依教室而错落,傍书声而有致,让人百读不厌,百游不倦。

去凤凰古城东北部,约五十里,有吉信镇,旧称得胜营。得胜营中,有三潭书院存焉。其为凤凰古城书院建筑保存最完整的唯一书院。

三潭书院创建于同治末年。当时,署理贵州贵东兵备道的吴自发,以其地文化落后,自己昔年未能多读诗书,致无科举功名,引为终生遗憾。遂将其无处发放的阵亡将士抚恤金,及所辖诚字营的截旷积资,共白银8万两,在得胜营碑亭坳东端顶,修建一座书院,置稻田160亩,作为院产。初名"新吾书院"。光绪六年,吴自发归里省亲,至书院视察,见西边万滨江绕山而来,至书院山脚,与冰水溪汇合,水流顿缓,形成三个碧潭(漆树潭、杨柳潭、罗布潭)。伫立书院,三潭在望,灵山丽水,尽收眼底,身临其境,自觉书院原名"新吾"二字未尽其意,便改为"三潭"。

三潭书院独立于官学之外,继承了私学的传统,吸取了宗教文化和官学的经验,广书穷理,格物致知,倡导学生埋头钻研、质疑问难、切磋琢磨、教学相长、循序渐进、熟读深思、学思结合、强调"穷理"与"笃行"并用。

一百多年来,三潭书院,在每个历史变革时期,始终为得胜营地区的教育场所,为该地培育了众多人才,有"蔚文乡"的美名。

经科举知名的有进士一、举人二、秀才十。出任县长八人,均以文才出众、清正廉明著称。当今,中国科学院院士、一级教授肖继美,中央民族学院教授龙友鸣,湖南省音协名誉主席易扬等众多知名人士,均在"三潭书院"得以传道授业解惑。

  一条小街、一条小巷、一栋小四合院内,出了一个大人物。街名文星街,巷叫熊家巷,大人物是中华民国第一任内阁总理熊希龄,四合院自然就是熊希龄故居。

  熊希龄是一个天才,同时又是一个全才、通才。他是一个杰出的政治家,同时又是杰出的慈善家、教育家、实业家。

  毛泽东、周恩来等党和国家领导人对熊希龄均有过中肯的评价和论述。

  熊希龄自幼聪颖过人,勤奋好学,享有湖南神童之名。光绪十七年,二十一岁的熊希龄应本省乡试中第 19 名举人,中举后,新科举人作画以言志,一时间,牡丹、芙蓉、金菊等纷纷争奇斗艳,而熊先生只画了一幅不起眼的棉花,但熊先生"此君一出天下暖"的题词,却使四座皆惊。熊先生的胸襟抱负,由此可见一斑。

  熊氏故居,系古式小四合院,有正屋一栋三间,正屋对面是书斋,左边有碓屋一间,中间为一小坪院。整个院落不算恢宏,却简练精致、清雅大方、极富书香气。

  有两副对联,极好地概括了熊希龄先生的生平事迹,正屋中的一副是蔡元培所撰,联文是:

  宦海倦游还山小试慈幼院;

鞠躬尽瘁救世惜无老子军。

另有一副对联,挂于故居大门两侧,内容是:

一生赤诚爱国盼中华振兴;
半世慈善办学为民族育人。

这副对联,不知出于何人之手,只知道是香山慈幼院校友会送的。

文坛泰斗沈从文的故居,坐落在古城内中营街。沈从文就诞生在这里,并在这里度过了他的童年和少年时代。

来到沈从文故居,我们的大脑中很容易就被另外一些东西占据了,那就是沈从文笔下的童年景象:

"我能准确记忆到我小时的一切,大约在两岁左右。我从小到四岁左右,始终健全肥壮如一只小豚。四岁时母亲一面告给我认方字,外祖母一面便给我糖吃,到认完六百生字时,腹中生了蛔虫,弄得黄瘦异常,只得每天用草药蒸鸡肝当饭……

"第一个赞美我明慧的就是我的爸爸。可是当他发现了我成天从塾中逃出到太阳底下同一群小流氓游荡,任何方法都不能拘束这颗小小的心,且不能禁止我狡猾的说谎时,我的行为实在伤了这个军人的心。

"我记得分分明明,第二天晚上,叔父红着脸在灯光下磨刀的情形,真十分有趣。我一时走过仓库边看叔父磨刀,一时又走到

书房去看我爸爸擦枪……我不明白行将发生什么事情,却知道有一件很重要的新事快要发生……我记起了杀仗的事情,我问他:

'爸爸,爸爸,你究竟杀过仗了没有?'

'小东西,莫乱说,夜来我们杀败了!全军人马覆灭,死了上千人!'"

……

沈从文就这样在他的故居里长大了,直到他二十岁那一年,他越发被一种思想引导,最终毅然离开了故乡,去到外面的世界要读一本大书——

"我闷闷沉沉地躺在床上,在水边、在山头,在大厨房同马房,我痴呆想了整四天,谁也不商量,自己很秘密地想了四天。到后得到一个结论了,那么打算着:好坏我总有一天得死去,多看几个新鲜日头,多过几个新鲜的桥,在一些危险中使尽最后一点气力,咽下最后一口气,比较在这儿病死或无意中为流弹打死,似乎应当有意思些。到后我便这样决定了:尽管向更远处走去,向一个生疏世界走去,把自己生命押上去,赌一注看看,看看我自己支配一下自己,比让命运来处置我更合理一点呢还是更糟糕一点?若好,一切有办法,一切今天不能解决的明天可望解决,那我赢了;若不好,向一个陌生地方跑去,我终于有一时节肚子瘪瘪地倒在人家空房下阴沟边,那我输了。"

沈从文最终离开了故乡,去了北京,继而辗转全国各地,饱经沧桑,终成一代文学大师。

在沈从文的旧居中重温沈从文的文字,每每会给人一种既美丽哀伤、又荡气回肠的独特感受……

"一个士兵要不战死沙场,便是回到故乡。"

1992年清明节,沈从文终于悄然回到他魂牵梦萦的故乡,永驻于听涛山上。

去听涛山瞻仰沈从文,可步行,亦可舟行。从古城步出东门,傍南华山麓,沿沱水之滨,穿过一条古朴的老街,步行约一公里,可见一接官亭,过接官亭右折,有石阶幽径通往山腰,沈从文墓就安置于山腰一处绿荫葱茏的小坪中。

若取舟行,当可从北门城楼下河埠码头,招一游舟,过虹桥、沙湾,顺流而下,可直抵听涛山下。

听涛山的静谧空灵是难以言喻的,只能身临其境,才可感受到其中的清幽气韵与空灵意境。

沈从文墓地的自然简朴是难以想象的,一块天然五彩的玛瑙石,仿佛很随意地搁置着,石面上镌刻"照我思索,能理解'我';照我思索,可认识'人'"的简单字样。玛瑙石的背面则镌刻了字面不大的一副挽联,系沈从文的姨妹张充和所撰:"不折不从,星斗其文;亦慈亦让,赤子其人。"

这就是沈从文的墓碑,墓碑之下,安埋着从北京运回的文学巨匠的骨灰。一块石头,既是坟地也是墓碑。没有任何世俗头衔称谓,没有任何浮华渲染雕饰。依山近水,简朴自然,这就足够了,没什么好说的,却能够让人们想不完。

这个一生勇敢倔强同时又慈俭谦让的人,如今托体同山石而长眠,在他那绵绵不尽的、美丽而忧愁的梦中微笑,听虎耳草唱歌,看沱江水相酬……

诚然，有一些风景消失了，且永远不再回来。然而，另有一些风景，却因了某种浓烈的恋乡情怀，正在逐渐出现。

就在"梵阁回涛"的准提庵前面，有一栋新建的仿古建筑，叫"夺翠楼"。它是著名画家黄永玉为古城创造的一道新风景。

"夺翠"，在古城民间俗语中为"有叶""上劲""集翠"等意。"夺翠楼"横跨于古老的回龙阁关门之上，凸现于回龙潭边的嶙峋丹石之中，背依观景山、天马山，面对虹桥、沱江、武侯祠、奇峰寺、万寿宫、万名塔、青龙山等诸多胜景，在一组密集的景色之中妙用自然，别具风情。

黄永玉为自己的夺翠楼写了一副对联：五竿留宿墨；一篙下洞庭。

从这副联文中，我们或可领略到黄永玉先生修建"夺翠楼"的超拔意趣。

三、顽石五韵

乌巢河大桥，位于云贵高原、县城北端30公里的腊尔山台地乌巢河上。

大桥跨河主拱跨度120米，高42米，宽8米，加引拱全长241米，全用青石灰石砌筑，造型新颖、结构合理、技艺精湛、气势磅礴。

大桥的设计建筑再次体现了凤凰人的特有智慧，创造性地运用了"全空式石肋拱上部结构""叠桁落地式搭架""裸拱卸架"等全新设计,为石拱桥建筑提供了新的范本。

桥梁史表明,乌巢河大桥是当今世界上跨径最大的石拱桥,称为"天下第一大石桥",当之无愧。

烟雨下的黄丝桥古城,曾作为著名而稀罕的屯兵古堡而存在,如今尽管已成为苗家百姓安居乐业之所,但正因为它的坚持,向人们昭示了和平的意义……

黄丝桥古城初建于唐垂拱三年,后于清乾隆十八年重建。古城位于凤凰县城西25公里处的阿拉营黄丝桥村,地处湘黔边境,是古时"边墙"线上的一大屯兵城堡,是"苗防"的前哨阵地,为数百年兵家必争之地。

古城周长686米,东西宽153米,南北长170米,墙高5.4米,宽2.8米,城上有炮台两座,大小箭垛300个。整座城池开设三门:东曰"和育门",西曰"实成门",北曰"日光门",独缺南门,因相传南方属火,恐引发进城,故未开设。

目前城内尚保留有衙门、兵马房等旧景观,89户人家生活在这个古城堡中,平和安然、各安其乐、各居其乐,他们大约不愿意去想"战争"这个字眼。而外来的游客,每当登临这座我国唯一保存完整的古城堡,眼前依稀可见烽烟四起、流矢横飞的景象,耳边隐约可闻角鼓齐鸣、厮杀呐喊的余声……

不过谁的心里都知道,战争确实不是一件好事。

奇梁洞,据说原名又叫漪涟洞或奇帘洞,这个集奇、秀、幽、峻于一体的岩溶洞,是造化自然用了几亿年的工夫才完成的,其姿态迭出、变化万端、奇谲莫测、层出不穷的奇观,非凡人的想象力能够企及。

奇梁洞中森罗万象,应有尽有,有天堂、有龙宫、有画廊、有桃花源、有阴阳河、有"雨洗新荷"、有"西南丛林"、有"灵霄殿"、有"广寒宫"、有"水晶宫"……总之天上人间五湖四海的一切奇观异景,均被造化的神奇之手,搬到洞中来了。

这部经由天人之手,穷几亿年工夫写成的石头大典,我们似乎很难读完,也很难读透。

相传奇梁洞曾做过苗民的避难所,可容纳几万人。当年的苗民能够进入这样一片洞天福地来避难,也不能说不是一种福气。

只是不知这洞中住过洞神否?有没有哪一位土家族的痴情女子被看中?

夕阳下的南方长城遗址,如今尽管只残留了片段,曾被认为仅仅是一个猜想,但正因为它的固执,向人们透露了边戍的内涵,同时为重修古长城提供了依据……

南方长城是明清时代苗疆的一项重大军事防御体系,西起黄合乡的亭子关,北至保靖涂乍,越岭跨涧,穿云披雾,全场300多公里。仅凤凰厅就建有汛堡517座、屯卡105座、哨台98座、炮台7座、碉楼544座、关厢5座、关门25座。随着风雨岁月,时代推移,南方长城大部分已经坍塌毁败,只留下一些残堡断墙,默默而顽强地站在那里,仿佛在等待什么,又像是要证明什么。

然而,在中国长城学会的各种研究论文中,南方长城究竟是否在历史上存在过,一直是一个讨论不休的话题,一个破解不开的谜……

直至有一天,这些残存的残堡断墙开口说话了,因为它们终于等来了中国长城学会的副会长罗哲文教授。

罗哲文教授落泪了,他终于了却了一桩心事。多年以来,他一直坚持确实有过南方长城的存在,他一直在寻找它们,这一次他终于在凤凰找到了他牵肠挂肚的实据。

南方长城因此被确认,不仅其防御工程体系与北方明长城一样,而且其军事机构设置、官兵制度也都相同。

北方、南方两道长城,异曲同工、各有千秋。

于是,凤凰人再一次运用他们用石头写书的绝技,在前人的残篇断简中续写了一个篇章……

"花如解语还多事,石不能言最可人。"

在凤凰县的毛坪,有这样一个石头寨子,它的路是石头铺的,房屋是石头垒的,屋顶是石头盖的,坟墓是石头堆的…… 究竟是什么原因,使这里与石头结下了不解之缘?

也许是石头性本缄默的缘故,这个寨子安静得出奇,哪怕你再放轻脚步,都能听见自己的足音。

我们开始相信石头也是有灵性的,要不然怎么会有"顽石通灵""案山点头"的说法呢?

石头寨子里的苗家孩童,知道哪里藏有好石头,他们会不辞劳苦地爬山梁、下河溪去帮你寻找你喜欢的石头。

至于你的运气如何,那完全要凭你自己的造化了。懂石头的人都说,能否得到一块你喜欢的奇石,完全取决于你和这块石头的机缘。

有些事,仅仅靠努力是没有用的。

石头寨子不喜欢说话,却可以告诉人们许多道理。

这个寨子的名字叫营盘寨。

四、边城九歌

"生在这里长在这里/还没有看够还没有唱够没有爱够……"

这是凤凰诗人江民新在他的《湘西抒情组诗》里朴素而真挚的诗句,然而却以至简至易的形式,传达出了凤凰人的情感内核和精神取向。

无怪乎无数在外面叱咤风云的凤凰人杰,最终都回到了自己的故乡;无怪乎沈从文最后坚持要回到听涛山上;无怪乎黄永玉对"一个士兵要不战死沙场,便是回到故乡"这样的语句感触良深。因为这是凤凰发出的远古的呼唤,这是游子产生的不尽的眷恋。

在凤凰文化人的心中,恋乡情怀和艺术情结微妙地交织在一起,彼此不可分离,是家乡的灵秀给了他们创作的源泉,是家乡的热情给了他们人文的活力,他们相辅相成,互为印证,谁也离不开谁。

凤凰古城内的文化氛围极其浓郁,人们都沉湎于诗词歌赋之内,神游于水墨丹青之中。因了这氛围熏染,几乎任何一个男子在你眼前站下,都可以开口和你谈论诗书画印,如数家珍;几乎任何一个女子打你眼前走过,都可以看出那女子是用歌声喂大的,尽管她并没有开口。

当在中国生活了近六十年的新西兰人艾黎先生发现了凤凰是中国最美丽的小城时,还发现了凤凰是中国大陆的画乡。说凤凰是中国大陆的画乡,一点不夸张,这座小城里的艺术才俊实在太多,仅在《大陆画乡人物采风录》一书中,就收录了三十多位凤凰艺术家。其艺术门类包括绘画、书法、篆刻、木刻、雕塑、摄影等不一而足;在手工艺方面,则有扎染、蜡染、石雕、剪纸、服装设计等各路民间高手,不胜枚举。

有位乡贤说:"到大都市转了一圈回头,发现了小学图画老师的水平在艺术院校高手中都称得高手了。"

黄永厚对这位乡贤的话另有一番颇有意味的评价:"他这段话虽有自我定位的意思,却也包含了一方山水养一方人的真理,意思好,因为说得好。假若空谷都被人当金矿开了,哪有一角之地给幽兰生息?"

从这段话悟入,凤凰之所以能成为中国大陆的画乡,就不那么费解了。

另一方面,百姓生活依然平和而缓慢地过着,带着他们惯常的生活习俗以及他们对生活固有的观念与信仰,不卑不亢地过着各自的日子。户窗上仍可经常见到贴着文魁星的画像,街角边仍设置了各类不同的神龛,供奉着人们心中各自信任的神。人们仍然相信洞神和树神的存在,谁家的小孩得了一种怪病,怎么医治都不见好,大人们照例用过去的老办法,用红纸铰下一只孩子的鞋样,贴在树上或洞前,就算把孩子过继给洞神或树神了,人们相信洞神树神一定会照顾好孩子,因为即便是神,也不至于六亲不认,拿自家的干儿子来开玩笑。

在沈从文的笔下,曾对落洞女子有过这样的描述:"凡属落洞的女子,必眼睛光亮,性情纯和,聪明而美丽。必未婚,必爱好,善修饰,平时贞静自处,情感热烈不外露,转多幻想。间或出门,即自以为某一时无息中从某处洞穴旁经过,为洞神一瞥见到,欢喜了她。因此更加爱独处、爱静坐、爱清洁,有时且会自言自语,常以为那个洞神已驾云乘虹前来看她。这个抽象的神或为传说中的相貌,或为记忆中庙宇里的偶像样子,或为常见的又为女子所畏惧的蛇虎形状。总之这个抽象对手到女人心中时,虽引起女子一点羞怯和恐惧,却必然也感到热烈而兴奋。事实上也就是一种变形的自渎。等待到家人注意到这件事情深为忧虑时,或正是病人在变态情绪中恋爱最满足时……事到末了,即是听其慢慢死去。死的迟早,都认为一切由洞神做主。事实上有一半近于女子自己做主。死时女人必觉得洞神已派人前来迎接她,或觉得洞神亲自换了新衣骑了白马来接她,耳中有箫鼓竞奏,眼睛发光,间或在肉体上放散一种神奇香味,含笑死去,死时且显得神气清明,美艳照人……"

如今,在凤凰,这样被洞神所看中的事情大概鲜有发生,然而"眼睛发亮,情绪纯和,聪明而美丽,平时贞静自处,情感热烈不外露"的女子却随处可见,极易被游人所看中。

苗人放蛊的事件已不再发生,也许它本来就是一个谣传,也许这门古怪法术早就已经失传了。

巫师、巫医偶尔还可遇到,他们常常是一些怀有特殊本领的人,因为有秘不外传的绝技,故每每被平常人看得奇异而抽象……

街市上倒是热闹而充满生气的,只是不像大城市那么拥挤,那么行色匆匆。古城里人们的步履似乎也深得沱江水的神韵,不紧不慢,怡然闲适。

日出而作、日落而息的劳逸习惯仍在这里延续着,店铺的打烊也较一般城市稍早,收档最晚的,要数"女人街"。事实上这是一条夜间小吃街,每晚给嘴馋的人们提供烧烤、汤圆、唆螺、蒸饺水饺等各色风味小吃,其味道之美和价格之廉往往出乎人们的意料,因摆设这些摊位的大都为妇人,故被称作"女人街",也是人们消遣夜生活的主要场地。

在古城里饮食,有一个大好处,那就是不用担心污染。这里没有污染源,菜蔬大都来自田垅菜地,猪羊大都来自圈内牢中,更有满山的野菜,随自然地气而生长,因各人口味而选食。

牛肝菌堪称野生菌菇的极品;猕猴桃被公认为水果之王,它们在凤凰长得特别欢,可以说是食之不尽用之不竭。

城内的各种店铺,门面都不大,然而门牌匾额上的书法题字均极为讲究,屡屡出自大家手笔。整条老街称得上是一条民俗艺术品的展览街,这里汇集了苗家、土家族风格的服装、饰物、扎染、蜡染、编织、剪纸、刺绣等丰富多彩的手工艺品,是看是买,随缘方便。

因为城区不大,汽车在这里似乎派不上用场,机动三轮车顺理成章地成为小城主要的交通工具,花很少的一点钱,你就可以去往城内任何一处你想去的地方。

即便是走路,也不会太费体力,太耗时间,只管随意地走着、逛着。不自觉间一抬头,你要看的地方就到了。

五、苗乡散曲

每年农历四月初八,是苗家最隆重的传统节日。这一天,五营九峒十八寨的苗族人,都要赶赴某处约定的地点,举行一年一度的"四月八"祭祖节。

"四月八"的由来传说不一,然而既然是祭祖节,想必这位祖先一定是一位反抗强权、维护正义、为争取自由幸福而不惜牺牲自己的英雄。凤凰就有这样的传说,他们说那位英雄的名字叫亚宜。

为了缅怀亚宜,"四月八"民族传统艺术节开场了。

心灵手巧的花鼓手、能歌善唱的苗歌师各显其能,舞狮子、耍武术、玩花灯各逞英姿。古老的爬刀梯、下油锅、踩犁口等奇险表演,更是惊心动魄、匪夷所思。

或许是篝火燃起了人们心中的热情吧,在这个节日里,苗族后生尤其胆大殷勤,而苗族姑娘也格外美丽多情。于是,木叶便成了传递情感的信使。

一片信手摘下的木叶,在苗家男女的唇边,能发出清脆婉转、纯净悠扬的曲调。这种苗族的祖传本领,到了后生姑娘们的手中,则往往成了以声传情的暗号,苗家青年不需要"非常男女",也不需要"玫瑰之约",一片小小的木叶,就把心灵沟通了。

"四月八"民俗节当中,最惊险、最神奇、最惊心动魄的节目,是传统的武术节目——上刀梯。上刀梯是一门绝技,通常由技艺超群的巫师主演。

一根三丈五尺长的大杉木矗立场中,最显眼处,由下至上依次横插81把锋利的快刀,顶端又有锐利的三股尖叉戟直指高空。表演者在进行一番常人难明其意的神秘仪式之后,即头裹红巾,赤脚光膀,脚踏刀刃依次攀登至最顶端,然后以三股尖叉顶住腹部,身体凌空横平,继而旋转数圈,令观看者目瞪口呆,如见神通异术。

此外尚有赤手入沸热油锅的"下油锅"表演,赤脚踩火红犁口的"踩犁口"表演,均让人惊奇不已,难以思议。

"六月六"是苗族的歌节。相传苗族的祖先是六男六女,他们繁衍后代,开发家园,创造了美好幸福的生活。以歌舞的形式来纪念自己的祖先,是很多民族都盛行的,然而苗歌的独特韵味,尤其让人心醉神迷。

苗歌的种类繁多,大体可分为"山江腔""雅酉腔""贵州腔"三种,其中以"山江腔"最系统、最完整、最具特色。山江苗歌的开唱以衬腔入音,这种唱法,意境深沉幽远,情为意发,意激情动,使歌者沉醉,使听者动情。

苗歌总是以它细腻的情致和婉转的韵味,唱到每一个人心灵的最温软处,听着听着,慢慢地,你就痴了……

在五竿古地,流传着一种古老而神秘的剧种,即傩堂戏,是目前中国留存最古老的剧种,有中国戏剧活化石之称。

傩堂戏的最初起源可溯至远古时期,人们为了驱邪除病,由巫师跳傩祭神,原为图腾仪式,进而演变成剧种。

傩堂戏分为正戏和副戏两种。正戏为低台戏,是还愿时在傩堂内跳唱的戏;副戏主要是高台戏,一般都在戏台上演唱。唱腔分为阴腔和阳腔两种。阴腔低沉凝重,曲调缓慢委婉;阳腔雄犷高昂,曲调明快流畅。

傩堂戏没有管弦乐,全为锣鼓伴奏,节奏明快,曲调流畅,极具原始意味与神秘色彩。

除傩堂戏之外,凤凰还有独具民族风格和地方特色的地方戏——阳戏。

阳戏角色齐全,配套完整,有三生三旦一净一丑八种角色,乐器、服装、道具均齐备完整。道白采用口语,通俗易懂、题材广泛,剧情大都幽默风趣,深受民众喜爱。

如果你的运气好,去到苗家、土家乡寨,恰巧遇上婚嫁迎娶的场面,那就赶上热闹了。

叭咕苗寨的婚俗尤其纷繁热闹,趣味盎然,从开始到终结,分为十个过程:一为"扮新娘",二为"别亲",三为"出门",四为"上路",五为"筛新娘",六为"敬亲友",七为"合欢酒",八为"回门",九为"戏新郎",十为"谢亲酒"。在每一个过程中,都有别出心裁、趣味横生的形式。

而土家族的婚俗,较之苗家,可谓有过之而无不及,整个婚娶过程竟有十七种讲究,它们依次为:装香定亲、定亲鞋、过火堂、戏轿、盘桥、比轿、净面水、过早茶、陪夜三碗酒、躲喜、分香火、挑水忌踩"气死泥"、喝姊妹酒、哭面粑、婆母试媳妇、妹妹出嫁哥哥背、哭嫁。

好在"人逢喜事精神爽",否则这一连串程序完成下来,只怕新郎新娘要大睡三天才能养回精神。

对于正在寻找意中佳人的苗族后生,最热衷的活动莫过于赶"边边场"了。他们首先利用走亲访友的方式多方与姑娘接触,初步掌握了一些情况之后,就可以进一步试探。试探方式是利用赶场的机会主动去找姑娘,地点常在地角场边,或在行走的路途中,故曰赶"边边场"。表面看来,方式倒也简单直接,无非是向姑娘讨点菜、讨点水什么的,如果姑娘愿意给,其实是把她的心也一并交出来了,如果姑娘不愿意,那么小伙子除了灰心丧气之外,还有什么法子呢?

——等着下一次赶"边边场"吧。

织花带是苗家姑娘的必修课,其情形类似旧时汉族闺秀的做"女红"。苗家姑娘十岁左右就要开始学习织花带,花带编织得精美,即是姑娘心灵手巧的证明。

苗家姑娘的花带,花色绚丽,工艺精巧,是苗族一种最珍贵的民间工艺品,同时也是苗家姑娘献给意中人最圣洁的信物。

可惜我们身上的花带是买来的,不算数。

苗家姑娘总是美丽多情的,苗家后生总是勤劳勇敢的。

尚武是苗家后生勇敢的体现。自成一派、实战性强的苗族武术深为苗族青年所喜爱。

苗族武术分策手和花手两种手法,策手动作不讲究连贯,以稳、准、狠为要义,讲究一招制胜;花手动作优美连贯,注重观赏性,多为表演或强身健体之用。

据说苗族武术中还秘传有点穴功夫,为克敌制胜的重要手段,其中三十六穴致命,七十二穴不致命。这门功夫,现在听起来有点玄,然而沈从文在他的书中曾提及,他的干爹就会这门绝招。

大田村,又称苗王寨,远远望去,土房参差,色调苍茫,似有悲凉之感,又有肃杀之气。

这里出过一个传奇色彩极浓的人物,即"苗王"龙云飞。这是一个很难捉摸的人物,他的是是非非像一个谜团。

这不稀奇,很多历史人物都像一个谜团,让人不可理解。

六、水调歌头

在凤凰,只要你有足够的兴趣与体力,随便去到某一个乡村,你都可以吃到可口的饭菜,听到优美的歌,遇到纯善本分的人,看到神奇灵秀的风景。

申坨村就是一个例子。

进申坨村,有一段路不大好走,极少有旅行家或旅游者来到这里,居住在村里的苗家、土家族的村民,相当多的人甚至不明白"旅游"为何物。

然而这村子里也有古长城遗址,有孤立于山顶的神庙废墟,有一望无际的连绵山群;有鬼斧神工的深谷巨壑;有清亮如练的河流;有飞流直下的瀑布和突兀拔起的孤峰……多少年来,它们一直就那么老实安分地待在村子里,天成的那么一种秉性,它们不知道自己就是风景,也没有谁来给它们命名。

然而,或许这正是游行者们最愿意看到的。有一些好诗,作者是无名氏,有一些好景,也常常是无名景。

申坨村的村主任告诉我们,这个村子,六十多年来没有发生过一起案件。

仅凭这一点,这个村子就值得看。

沱江水以其柔和明净的本色,不紧不慢地向东北方向流去,到了距离县城几十里的官庄,蓦地一冲一折,幻化般地给人们留下一片清丽之地——官庄绿洲。

官庄绿洲的秀色,宛似用水粉晕染出来的一般,每一种颜色似乎都经过了过滤,纯粹而透明。

难怪每年五月,都有大批的候鸟来到这里,酝酿着它们关于夏天的故事。

当一条古老的渡船将你拽入绿洲,你肯定会有似曾相识的感觉,接着,你便会想起小翠翠和她的老祖父。

这里的花仿佛也开得格外天真,一派调皮烂漫的模样。

倘若仲夏之夜来这里宿营,一边看着稀星朗月,一边听着水声虫鸣,或各自想着自己愿意想的心事,那是什么样的一种意趣呢?

谁知道呢?大约是有点惆怅,有点甜美,有点温软,有点像微笑中的叹息吧。

想必候鸟已经体味到了,往后,游人们迟早也能体味到。

我们知道,一切的生命源自水。

水是万物的开始,也是道德的典范,因为"上善若水,水善利万物而不争"。

一个地方神秀,人们会说这个地方风水好;一个姑娘美丽,凤凰人会说这个姑娘水色好。

既然我们以水开头,不妨让我们还是回到水上去,我们是否也能够像沈从文那样,从水中感悟到有关人世间的一切道理呢?

"——水的德行为兼容并包,从不排斥拒绝以不同方式浸入生命中的任何离奇不经事物!却也从不受它的玷污影响。水的性格似乎特别脆弱,且极容易就范,其实则柔弱中有强韧。如集中一点,即涓涓细流,滴水穿石,却无坚不摧。水教给我黏合卑微人生的平凡哀乐,并做横海扬帆的美梦,刺激我对于工作永远的渴望,以及超越普通个人功利得失,追求理想的热情洋溢……"

就这样,让我们在凤凰县的水光山色中慢慢地走,慢慢地看,慢慢地想……

藤州本色

藤州引

你准备好了吗？如果你还没有准备好,别着急,你只需静下心来,让自己变得更洁净一些,更从容一些,那么,你的目光将变得更明澈,而我们将要去往的广西古藤州,会在你的慧眼中,示现她凤翎龙睛般的色泽。

古藤州如今叫藤县,属广西梧州市辖下,位于广西的东南部,与苍梧县毗邻。一看到"苍梧"的字样,我们心中不禁会浮起"舜南巡狩,崩于苍梧之野"的怅惘,以及娥皇、女英驻足洞庭九嶷山饮泪翘盼的痴绝……无疑,如果从发思古之幽情和追踪百越文化的角度看,我们似乎更愿意将藤县称作古藤州。

藤县的历史渊源,悠远到几乎令人迷离而难以穷溯。1996年版《藤县志》记载:"县境夏商周时为百越地。周成王十年(前1032)曾为越裳国地。秦属南海郡。汉为猛陵县地。晋为安沂、夫宁县地。唐至五代十国境内为感义、义昌、宁风、镡津县地。宋开宝五年（972），感义、义昌、宁风县并入镡津县，属藤州。元代沿用宋制，明洪武二年（1369），镡津县并入藤州，十年（1377）五月降州为县，命名藤县，是藤县得名之始。此后历经清代、中华民国沿用至今。"

明人金文仲在《永乐大典·古藤郡志序》中对古藤州的追溯，则有如是记述："……古藤僻处遐荒，唐虞三代皆置之化外。吕素开百粤，始与中国齿。文献无所取征，故忠烈孝义，悉沦没而无纪焉……于是益有感焉。然后勉强着笔，博访约取，参互考证……凡山川名胜、人物宦游、赋贡道里，大率略备……"

然而，无论藤县曾历经几多沧海桑田、世事变迁，却总有亘古不渝的本真，那就是——北回归线永远从这片土地的中部经过；浔江永远在这片土地上和畅地流淌；青山永远在这片土地上庄严地守望；而人们，则永远以他们那平实厚朴的态度，在这片土地上生生不息。

缘于这方水土的钟灵毓秀，龙母选择了在这里诞生，并抚养五龙，合成了"山不在高，有仙则名；水不在深，有龙则灵"的双美；

缘于这方水土的历史底蕴，生养了诸如唐代广西第一位进士李尧臣、五代隐逸诗人陆蟾、北宋明教开宗高僧契嵩、宋代三元及第三朝元老冯京、清代著名诗人苏时学等文化精英；

缘于这方水土的浩然正气，激荡出明末杰出将领袁崇焕、太平天国后期四王（英王陈玉成、忠王李秀成、侍王李世贤、来王陆顺德）以及抗日名将石化龙、革命骁将李振亚等英雄志士的慷慨悲歌；

缘于这方水土的神秀而又旷达、本色而又风流,汉代伏波将军马援曾来此饮马,唐代卫国公李靖曾来此探望,一代高僧鉴真曾在此驻足,绝世学士苏东坡曾在此流连,而凄绝词人秦少游则索性将一缕清魂留在了这里……他们仿佛是想借这方土地来印证心中的情境,以达成"唯大英雄能本色,是真名士自风流"的感应道交……

在藤州,你随处可见历史风物。这里有新石器时代文化遗物 12 处,城址 4 处,古窑址 6 处,古墓葬 8 座,出土历史文物 300 多件。越接近藤州,过去时和现在时似乎就越发显得模糊起来,在某一个刹那,你甚至能体验历史。

藤州的人文物象和自然景观,同样是触"目"可及乃至无处不在的。这里有三元亭、访苏亭、浮金亭、四王亭、菊魁亭的亭亭玉立,又有北流河、蒙江、思罗河、泗培河、合水河的脉脉含晖;这里有太平狮山、罗幔山、石表山、小娘山、六练顶的脱尘绝俗,又有石壁秋风、文岭云环、赤峡晴岚、龙巷露台、鸭滩霜籁的意深味长……这里有道家村的平和冲淡,有大黎镇的慷慨激昂;有授三公祠的文气贯穿,有福隆庄的武功唯扬;有天平镇的米酒盈觞,有古龙镇的八角飘香;有岭景镇的牛歌戏场,有禤州岛的东方狮王……藤州怎么能够说得完呢?仿佛那条宽阔深远的浔江,我们永远说不清它究竟有多深,有多长……

藤州是不可言喻的,她只能感知;藤州是难以比拟的,她只能比兴。藤州是洁净精微中的泱然大气,是浑然鸿蒙中的灵明慧光。她确实是诗,只是如国风那般敦厚朴实而又烂漫天真,全然没有造作的习气。藤州的本色,是只有涵泳其间、默会于心才可领略的。

现在,我们想,你或许已经准备好了。没准你在静心之后,又开始动心了呢!

那么,这就去藤州吧。

一、小城大象

我们不妨任意选一条路径,譬如,我们就从广东肇庆出发——肇庆原名端州,而肇端原本就是开始的意思。我们沿西江一路西行,可与长山阔水为伴,经德庆,历梧州,过苍梧,当江面蓦然开阔,一株站在西江岸边的苍道的老木棉突如其来般地以热情的艳红向你致意,你不禁会心头一热——就在这一热中,藤县到了。而西江,也就此换了一个更雅致的名字,叫浔江。

如今的藤县城区定安在藤州镇,位于浔江南岸,从西南长途跋涉蜿蜒而来的北流河,在这里汇入浔江。从此,它将和浔江一起,去实现作为海洋的理想。

藤县城区不大,街市上也不见有尖新标格的景象。然而因为三江的汇聚和连绵的龙脉,这座小城便透出潋滟晴方好、空蒙雨亦奇的韵致。一切的人与事在这样的色调中,显得是那样从容淡定,朴素安遂。这种安然的气度赋予了小城豁达的器局,于无形中成就了小城的大象。

【龙母庙】

无论是出于对神道的虔诚还是对神话的好奇,每一个到藤县的人,最先要去瞻仰的地方,当属龙母庙。

这里的龙母庙也如城区般质朴,没有高宇大殿画壁飞檐,只是一味地简静自在。然而这里所供奉的龙母,自秦代起就以她的懿德和愿力福荫人间,声播粤桂港澳以及东南亚。所以,庙里的香火也就缕缕不绝。

在藤县,仿佛空气中都在传扬着无数关于龙母的美丽而神奇的故事,因为这里是龙母的故乡。

如果说广东悦城是龙母的发扬地,那么广西藤县就是龙母的灵明慧根。

北宋著作《太平寰宇记》明确记载了这一传说,而龙母庙前那只唐代石雕的狮面蛇身神兽,在历经多劫后,又奇迹般地踞于龙母庙前忠实地守护着,既像是守护龙母,又像是守护一段历史。

如今,从全国各地来藤县龙母庙祈福求庇的香客络绎不绝。

有道是"月是故乡明",莫非神也是故乡灵?

【东山亭台】

东山是城区内人文荟萃的尤胜处。它北临浔江,西临绣水(北流河),登高远眺,城区景象尽览无遗。东坡居士对这座山情有独钟,曾喻之为小天竺。有诗为证:"爱此小天竺,时来中圣人。……江月夜夜好,云山朝朝新。"

明人费克忠在《藤县浮金亭记》一文中,则更有明人快语。他说:"余观古藤形胜,在东山一景。绣江经其下,镡水溱其东。春水既溢,秋波未消,自川之东望之,山势陆然如浮玻璃。苍烟乔木,斜阳古道,空实相映,遇目成色皆是也……"

有这样的贴切描状,我们就无须再多说什么了。

东山周边,古迹栉比。唐代就有流杯桥、通善寺、李卫国公祠、龙母庙、藤州古城址等。北宋时又建浮金亭、三元及第冯京之父冯式墓、明教大师契嵩受业处广法寺、秦少游二女墓。清代又建文昌阁、访苏亭。民国时建三元亭……

然而,因为历史的沧桑,许多美丽的物事都随风化去了,只能在遥想中感伤,在烟雨中喟叹……

欣慰的是,浮金亭还在映射历史的微光,三元亭还在传扬冯京的辉煌,访苏亭还在诉说苏轼的倜傥,四王亭还在彰显英雄的悲壮,菊魁亭还在应合百姓的安康……

欣慰的是,我们还能在县博物馆里看到战国的铜钺、西汉的铜镜、东汉的铜鼓、唐代的陶罐、宋代的魂瓶以及明代的圆雕佛像……

【胜西村】

城郊的胜西村,是一片清幽的所在。它的清新自然和原生野趣,构成了一种脱世绝俗、怡然自得的潇洒意态。连绵的矮山中,嘉木美竹森然其上,菟丝女萝之属蔓延而罗生,枝荫交加,苍翠蒙密,偶有日光漏木叶而下,莹净如琉璃。禽鸟闻人声近,辄飞鸣翔舞,如同互通客来的消息。

这里的古树,仿佛是高士化作的,清奇而有隐逸气,是在宋元的水墨画里才能得见的意境;而这里的修竹,则如同是美人生成,袅娜而有羞涩意,是在明清写意仕女图中方可体味的风情。

古树、修竹、古井、灵禽将这里幻化成一片清凉却又微带暖意的境界,置身在这个境界中,积世的俗累仿佛全被荡涤了,身心内外俱是一派空明澄澈,倏然就契合了"因过竹院逢僧话,又得浮生半日闲"的意趣。

不久后,这里将要建造龙母公园和一座园林式宾馆。不用说,这里将会成为身心疲倦的人们渴慕的乐园。

二、山水相依

子曰:"仁者乐山,智者乐水。"藤州的青山秀水,以它们相偎相依的情态,展露出仁智的双美双乐。在这里,人们隐约能聆听到俞伯牙《高山》和《流水》的琴音,以及钟子期"巍巍乎……潺潺乎……"的赞叹。

元人王恽对山水有过精辟的见解,他说:"山之与水,相胥而后胜。山非水,则石悴而云枯;水非山,则势夷而气泊。"藤州的山水,正是相胥而胜、相得益彰的。山因水而神俊,水因山而含晖,真正如王右军所描述的,"此地有崇山峻岭,茂林修竹。又有清流激湍,映带左右"。置身于这样的山水中,即便不引曲水以流觞,亦能体味到欧阳修所说的那种醉翁之意……

【太平狮山】

距藤县城北 60 公里处,有狮山存焉。因其主体山脉坐落于太平镇范围,故称太平狮山。

太平狮山的生成,迄今已有七千万年,为典型的丹霞地貌。山峰多为砾石,呈朱红色,峰壁多呈花斑状,裸岩多呈褐色,山势雄深伟丽,逶迤附摩,奇景异观迭出。

远眺狮山,有两峰超拔峙立。右峰轻云出岫,名情侣峰;左峰瑞气盘桓,名观音坐莲。这两座山峰构成了一组绝妙组合,似乎把西方极乐世界和娑婆世界连在了一处。显然,观音坐莲是极乐气象,而情侣峰无疑是人间情景,何以这天壤之别竟在太平狮山达成圆融?我们揣摩了很久,忽然想到,菩萨是"菩提萨埵"的简称,是觉悟有情之意,觉悟的观音坐莲和有情的情侣峰,原本就是绝妙相关的,它们仿佛以不写而写的方式,展示了一副联文:"不俗即仙骨,多情乃佛心。"

太平狮山的名胜,难以一一罗列。大致说来,有奇峰二十一、幽谷十、飞瀑七、鸣泉四、岩穴十一。更有景点无数,如琴山夕照、狮口含珠、一线天门、石蛤戏锅、七星联璧、九曲通幽、独石擎天、花石三叠、净瓶远眺、异洞传音,以及灵芝石、滴水岩、向天印、文笔顶等等,我们一时怎能说得完呢?

太平狮山的景致是活的,是饱蕴诗意的,是能开发悟性的。譬如,当你一见"琴山夕照",脑际便会浮现东坡居士的《琴诗》:"若言琴上有琴声,放在匣中何不鸣?若言声在指头上,何不于君指上听?"

太平狮山的景致是有化身的,是横看侧观皆成奇趣的。譬如"天烛双明",横看似乎是可彻照寰宇的光明双烛,而侧观则俨然是情深意绵的夫妻石。想必由"光焰万丈长"的开天神烛化现的夫妻,必定是天长地久的静好,而绝无"蜡炬成灰泪始干"的悱恻的。

太平狮山既然有它的奇伟雄浑,自然就有仪态万千的丽水来与它相亲相谐——如沉静蕴藉的石脚碧微、柔曼轻盈的山间翠湖、玲珑剔透的四君听水、天真佻达的怪瀑溅玉……

缘于狮山极佳的生态环境,这里的动植物品类也异常丰富,动物有数十种,而植物竟达500种之多。所以,它于2003年被定为国家级森林公园,是理所应当的。

值得一提的是,宋代禅宗高僧契嵩,即出生于狮山脚下的龙德村。这位佛学大师,曾任杭州灵隐寺住持,又被宋仁宗赐以"明教大师"的称谓。他撰述的《教外别传》《辅教篇》《禅宗定祖图》《传法正宗记》《治平集》等经典著作,倡导儒释道合一的思想,在中国佛教界产生了极为深远的影响。

忽而想到,大凡丹霞地貌的山体,每每和佛道缘分殊胜,莫非其中别有奥妙?

【石表山】

无独有偶,藤县最南端的象棋镇道家村,又有一座丹霞地貌的奇山,叫石表山。

如果说太平狮山的雄浑庄重有佛家气象,那么石表山的兼容并蓄则体现了儒释道三家融会的精神。

石表山位于北流河、思罗河的交汇处,阳刚的北流河与阴柔的思罗河合成的两仪,生发出石表山一带无穷的奇观,使这里成为广西丹霞地貌山水结合得最契合的地方之一。

石表山的得名,缘于两座形如华表的山座,曰"华表双峰"。整座巍峨的石表山,仿佛是突然从天上掉下来的,所以才会有那样斧劈刀削般的崖壁峭立,卓尔峥嵘。山的西面,有七梁八沟九洞穴,尤其险绝惊心。

山上洞穴较多,为天然风化而成。奇妙的是,这些洞穴都呈长廊走势,像是经过了整体的规划设计。

石表山的景致,亦是换步易形,随心生相,远近高低推拉摇移皆成妙相的。有二诗为证:

"巍巍石表皆连峰,远近高低幻变中。即使攀登临绝顶,千奇百态尽悬空。"

"石表华峰神妙奇,东观老汉北雄狮。南仰阿婆西宝鼎,随君遐想兴吟诗。"

石表山的秀水也随处可见,如高秀岩的长岩飞瀑、西山脚的姜冲湖等。最为神奇的是石表山的水如甘露,如醍醐,能够开聪启慧,祛病延年。

我们想,这或许就是这一带长寿老人尤多的缘故吧。

你若到了石表山,千万别忘了喝几口这里的潭水,同时将你的身心映入水中。

【小娘山　罗幔山】

如果说太平狮山和石表山的气质像大丈夫、真君子,那么,小娘山和罗幔山的清韵则宛如美慧女与俏佳人。

"小娘山"一名的由来,本就极具婉约意味:相传唐代有几位风水先生来此山中点穴,见一清绝少女在山洞中织布,待要细看,忽然云掩雾遮,少女杳然不知所终……少女想必是化霓影而去了,且再也不肯露面,但此山因此有了一个旖旎的名字——小娘山。

这不禁让我们想起庄子《逍遥游》里的句子："藐姑射之山,有神人居焉。肌肤若冰雪,绰约若处子,不食五谷,吸风饮露,乘云气,御飞龙,而游乎四海之外……"

这样的情景,总是能叫人心驰神往的。

大型风光画册《毓秀藤州》对小娘山有着这样的介绍："小娘山森林公园坐落在国有小娘山林场内,距藤县县城24公里,景区面积1696公顷……小娘山由大娘、二娘、三娘三大主峰组成,山势清奇,山峰尖秀。山上云封雾锁,岚气缭绕;山中沟壑纵横,流水潺潺。春夏时节,映山红和山茶花漫山遍野;深秋时分,枫叶团团簇簇,如火如荼。小娘山森林覆盖率达80%以上,负离子含量高,是一座天然大氧吧,是避暑、度假、休闲的好去处。"

既然是好去处,那是一定要去的。

与小娘山的清高绝尘、心轩意邈相比,罗幪山则是一派热烈浪漫、意切情真。如果将小娘山喻为林妹妹或妙玉,罗幪山则可比拟为史湘云或晴雯。

罗幪山一山独秀,全然是一副任性率真的俏皮模样,如同一个不谙世事、野性未脱的山野姑娘。单是它那开诚布公的"惊天一吻",就足以让道学家瞠目结舌,让有情人怦然心动。

罗幪山的得名,据同治《藤县志》上的解释,是因为含有"罗幪列帐"之景意。而我们却不由自主地将它和"罗曼蒂克"这个词联系在了一起。

罗幪山的野花既不为谁开也不为谁败,它们纯粹是至情至性的激情燃烧,所以这里的野花就有火焰的光泽;罗幪山的泉水既不为谁动亦不为谁静,它们全然是随心所欲的奔流涌动,因此这里的泉水就有清扬的神采。

罗幔山的怪石是懂得山盟永固的;罗幔山的林涛是谙知五音相和的;罗幔山的清风是挟带微醺醉意的;而罗幔山的蝉鸣鸟啼,似乎也在学着关雎的腔调……

【埌南水声】

埌南镇的景致如同一个大观园,清秀奇巧无不具足,可谓是"美人不同面,皆佳于目"。此地有嵯峨的尖峰顶、儒雅的墨砚亭、俊朗的嘉木林、缠绵的藤蔓牵……

然而最撩人动心的,莫过其水之清软灵异。

蝴蝶谷瀑布的平空漱玉,入潭凝碧,俨然是极活泼的女儿情态,无怪乎朱自清曾将梅雨潭的水称作"女儿绿"。

爽底溪涧的湍流环石,相恋相依,分明是思无邪的水声欸乃,无怪乎曹雪芹要说大观园里的女人是水做的……

【北流河】

如果说浔江是藤州水系的主旋律,那么北流河无疑是曲谱中的副歌。

当我们想起了"滚滚长江东逝水""恰似一江春水向东流"以及"大江东去,浪淘尽"等诗句时,北流河却显出了它卓尔不群、超凡脱俗的个性……这条500余里长的智水,自成一格、别具声色地从西向北流去。

北流河还有一个很娴雅的名字,叫绣水。锦织缎绣般的绣水,曾是古代南方的丝绸之路。在宋代,因辽、金割据,陆上丝绸之路中断,中国的贸易和文化交流,很大一部分就是沿北流河走合浦港这条路线。《永乐大典·藤城记》中有如是记载:"广右之地,西接八番,南连交趾,惟藤最为冲要。"

北流河的佳境与胜迹,是层出不穷美不胜收的,也是看不完读不厌的。在散文《北流河的风格》中,作者这样写道:

"我凝视岸边丹霞石垒砌的古码头,此时像是安详的老人端坐那里,抚慰着面前这条赭色的丝绸之路。绣水依然在低吟浅唱,恍惚间,河道远处飘来空灵的笛声,悠扬婉转,如笙似篁……

"两岸连绵的竹林,似两条舞动着的绿色缎子,抢着往沙滩河道伸展,如歌般系着你的情意。河面清澈如镜,因此水中的、岸上的,便又如串了一般,相互掩映着。而两旁的山不会太高,近的浓绿,远的紫黛,挨着,叠着,做着衬托的角色,然而一点也缺不得。这样,河水、沙滩、孩童、飞鸟、翠竹、远山便浑然一体了。像画片一样,一帧一帧地供你雅赏。

"我领略过黄山交响乐般的壮美——那刀削斧劈的群峰巨壑,固然惊心动魄,但似乎少了这里水的谐和,故只能远眺,而难以亲近;我也领略过庐山越剧清唱般的秀美,汉阳峰的淋漓翠色,像是水粉画的彩蘸得过稠,但似乎少了这里波光浅滩的排遣,只是一味浓重,教人透不过气来;我还领略过漓江山歌般的优美,兴坪的山光水色,像是国画意境中带出的迷离,却似乎少了这里柔和的沙滩,和沙滩上的童年……"

大凡水光山色,每每因人的心境而动容。故而,当年苏东坡、秦少游、袁崇焕等人在面对北流河时,吟咏出"鸳鸯秀水世无双"

"直与江月同清幽"和"急当乘风去,高帆破浪白"等格调迥异、滋味别番的诗句。

三、乡村梦寻

普鲁斯特曾说:"最动人的事物是记忆中的事物,最美的乐园是失去了的乐园……"

这话尽管有些无奈的伤感,然而却是真实而揪心的。

有些景致已随着历史的烟云散去,再也不回来了,我们只能通过一段文字、一些传说、一幅画面去追忆或者想象,不过因此你可能会在心头产生别一番滋味……

一块残碑、半截断垣、几级石阶、数堆石垒,乃至半张老照片、一段旧门槛、几页模糊不清的断编残简,或许都能在我们心中唤起无限的感慨和联翩的意象。

徐志摩在《再别康桥》里写道:"寻梦?撑一支长篙,向青草更青处漫溯……"我想,我们也不妨扬着怀旧的心旌,去更深处行一趟乡村梦寻……

【中和窑】

谁都知道"中国"一词英文的另一种译意是瓷器。

但是,知道藤县曾经是泱泱华夏造瓷重镇的人,恐怕为数不多。

沿藤县县城溯北流河而上约 10 公里处,可见大片沙滩如月色泻地,对岸矮山连绵似水浣清纱。即便是枕着一段浮木,我们也可以荡漾到对岸的古码头。拾级而上,中和村就在古码头上等着你。

中和村,这是一个多么富有文化张力的名字啊!它让我们想起了老子《道德经》中的"万物负阴而抱阳,中气以为和",又想起了子思《中庸》里的"喜怒哀乐之未发,谓之中;发而皆中节,谓之和"。

"中和"这个字眼,似乎正应和了"土生万物"的本性,所以,中和村在宋代,天降大任般地成了中国制瓷业的扛鼎胜地!

北流河东岸约 2 公里的绵延土山,分布着 20 多座宋代的窑址。今天,我们已经很难想象当年火热的烧瓷盛况,但是,从俯身可拾的各类瓷片中,我们可以想见昔日中和村制瓷业的辉煌。直至今日,当年做瓷坯的模具——匣钵,仍堆积如山。当地的村民甚至利用这些匣钵,砌起了厚实的围墙,建造了恢宏的房屋。

中和瓷器的烧制方法,早期采用的是一钵一器的仰烧法,然而到了后期,窑艺师们有如神助般地突发奇想,发明了迭烧法。匣钵的使用,既避免了器物与火焰直接接触,降低了污染,又提高了瓷器的光洁度。

中和瓷器的工艺水准也是惊人的,其品类之多,有碗、盏、盘、碟、杯、洗、盆、钵、壶、罐、瓶、灯、炉、盂、熏炉、魂瓶、枕、腰鼓及印花模具等等;其造型之美,为纹饰丰富多彩,图案工整严谨,线条清晰流畅,纹饰主要以缠枝花卉为主,有折枝、缠枝花卉、缠枝卷叶、海水游鱼、海水戏婴、水草、飞禽等等。其质地之优,体现为胎质细腻洁白、胎骨薄匀坚硬、釉色莹润剔透、胎釉肌肤贴切……

总之,中和窑是天造的,又是地设的。因此,在制瓷业势如登峰的宋代,中和窑和江西景德镇以及福建德化瓷,鼎足而立。

然而,中和窑那如梦如幻的精美瓷器,却像幽兰一般自开自凋了。它们不像景德镇瓷器那般"江山一统万万年",也不像德化瓷那样"美人迟暮暗自伤",中和窑的瓷器天生就是"中和"的,它们就像一首诗里写的:"泥上偶然留指爪,鸿飞哪复计东西?"

一千多年前的中和瓷器,以它们本在的平常心,走下古码头,登上货船,顺随着北流河来到浔江、西江、珠江,然后入海。它们不知道这就是"海上丝绸之路",但它们愿意经过这条路,去装点世界上每一个爱美的角落……

中和窑是一个如莲花般的梦,它带着某种使命来了,然后又带着另一个使命走了。如今,藤县还流传着各种中和古窑神秘湮没的猜测。只是,唯美的远去是不可揣测也是无须揣测的,因为——

最美的花,当它有了足够的阳光和水,它就以开放的形式向人间开放;当它必须要化作春泥更护花的时候,它就以枯萎的形式向人间开放。

别伤心,它始终是开放着的。

除中和窑遗址外,在古龙镇的西北面,还发现了6座历史更为古老的窑址,据专家考证,古龙窑址是东汉至南北朝时期烧制陶瓷的场所,为广西壮族自治区重点文物保护单位。

有些资料上说,古龙窑窑室构造简单,烧制窑具较为原始,产品亦略嫌粗糙。

但是,越是古老悠久的,往往越是浑然大气的,因为大道至简至易。不是吗?

【新马村】

新马村是一个世外桃源般的梦,是一个浮在水气雾凇中的梦,是一个难辨庄周梦蝶还是蝶梦庄周那般清晰而又惝恍的梦。

浔江水从平南县一路东来,甫入藤县最西端的新马村,仿佛蓦然产生了眷恋之情,江水情有独钟地环拥着新马村,绕了一个缠绵的弧,才依依不舍地继续东去了。因此,新马村就成了一片一面临山、三面环水的独厚之地。

新马村的嘉树幽篁有清逸气,新马村的房舍街道有淡雅意,新马村的民风人情是一派从容不迫、怡然自得,新马村的空气、阳光、水色、日影,似乎都熟读过陶渊明的诗文……

然而,就在这样一个宁谧安详、平和冲淡的纯朴之地,历史上却诞生一位惊天地泣鬼神的悲剧大英雄——明末督师袁崇焕!

明万历十二年四月二十八日,袁崇焕在新马村诞生了。

任由数百年的沧桑变幻、风雨飘摇,袁崇焕故居遗址依然遗世独立在这里,以它不屈的精神苦苦支撑着,它像是在守望着什么,又像是在证实着什么,更像是在诉说着什么……

袁崇焕的生平事迹,流传日久、碑史成传,无须我们再多说什么了。这位明末杰出的政治家、军事家,其生平言行、事业功勋、英风大节,可歌可泣、感人至深。他历万历、泰昌、天启、崇祯四朝。在明王朝受后金侵凌、江山岌岌之际,袁崇焕以骠骑之势,力抗强敌。先克后金大汗努尔哈赤,致使其身负重伤,忧愤而死;后挫努尔哈赤之子皇太极,使其惨败于北京城下,退到关外……

但是……但是啊,那位自作聪明、自以为是,最后不得不杀了妻妾儿女,然后自缢于景山的万岁天子孤家寡人崇祯皇帝,中了皇太极的反间计,竟然将这位力挽狂澜、保定乾坤、挽大明江山于将颓的中兴大臣,磔死于北京柴市口,并险些灭绝袁崇焕一族三百余人……

呜呼！未知崇祯将绳索套上脖颈之时,会不会想起袁崇焕？正如很难知道吴王夫差将被越王剑透心而穿之际,会不会想起伍子胥;宋高宗在丧失半壁江山缩首临安寝食难安的时候,会不会想起岳鹏举……

如今,在新马村,袁崇焕的故居还在,它一定记得袁崇焕;袁崇焕昔日的练马场还在,它一定记得袁崇焕;袁崇焕故居的屋廊柱墩还在,它一定记得袁崇焕;袁崇焕过去的喂马槽还在,它一定记得袁崇焕……

袁崇焕喜植榕树,他当年亲手种下的榕树,如今枝繁叶茂,高大苍虬,直入云天。它们仿佛是怀着一个强烈的心愿在尽力生长——它们想不断地接近袁崇焕的在天之灵！

让我们一起来吟诵一遍袁督师这首题为《榕生》的诗吧：

"榕生在粤中,人以不材弃。盘曲势参天,婆娑荫覆地。暑月多炎溽,亭亭独苍翠。珍兹数尺枝,伴我不憔悴。春来手自移,培植同幼稚。灌溉何殷勤,日夕必再至。望尔枝叶盛,庇护有深意。十年计匪遥,可以岁月记。纵斧摧为薪,一任后人事。"

奈何一句"纵斧摧为薪,一任后人事",诗句乎？谶语乎？

在新马村,还有一座何家祠堂不无落寞地伫立着。一般说来,祠堂的建构总是凝重肃穆、沉静端庄的。独独这何家祠堂,庭院深广开阔,明敞清旷。因年久失修,何家祠堂已渐显颓势,透着些许"风雨如磐暗故园"的萧索。

何家祠堂的建筑风格是真正的简洁明快,毫无富丽堂皇之气,然而格外地让人感到明朗可亲。其橡木梁柱、门楣窗格,所取线条均是平直简约,绝少雕饰,有如明代家具般质朴可爱。

让我们诧异的是,作为一座祠堂,它的牌位供堂却建构很小,绝大部分面积都用于建造整齐划一的屋室。后经了解,我们才知道,何家祠堂最初的建造目的,主要是做学堂用的,而供牌位祭祖先竟成了其次!

何家祠堂建于何时已不可考,初建祠堂主人的姓名亦无迹可寻。但我们很想向他致敬,尽管他名不见经传,但他和孔子有着同样的教育情怀。

据说何家在民国时期出过何氏兄弟两县长,均是全心致力于教育事业,不改旧家风。

在新马村,你只需慢慢地走,随意地看,就会有无数梦境飘忽而来,这是一种只可意会无法言传的感觉。浔江水从三面环拥着你,用它的灵性与水色滋润你的心灵和容颜……

当你感到醺醺然、飘飘然乃至于步态如摇似晃的时候,别惊奇,因为你脚下的这座山,叫荡舟山。

能够在新马村行走的人,是有福的人……

【大黎镇】

诚如《千字文》里所说的,"金生丽水,玉出昆冈",又如诗人们所形容的那样,"金戈铁马塞北,杏花春雨江南",位于藤县最西北的大黎镇,果然弥漫着金戈铁马的铮铮兵气。

远远望去,大黎镇色调苍茫,山势奇崛而激越,宛若大纛高擎。似有悲壮之感,又有肃杀之气。

所以,大黎镇仿佛应山河之感召,出戎马英雄,而且是出少年英雄。

太平天国的故事,是人们熟知的。太平天国后期,仅大黎镇,就出了威名赫赫的青年四王:英王陈玉成、忠王李秀成、侍王李世贤和来王陆顺德。

这简直让人不可思议,仿佛他们是受了武魁星的统筹,一并被指派降生到大黎镇来的。

太平天国的失败是一个让人无法言说的悲剧,史学家们都莫衷一是,不提也罢。事实上,太平天国后期,藤县一共出了14个王。

胡兰成在其《山河岁月》里,曾有过这样一段描述:

"我见温州籀园图书馆挂有忠王李秀成的像,希腊脸型,如此的有英气,却又清洁单纯使人亲,仿佛就在此刻也可以和他相见说话似的。当年太平军便是这样的南方农家子弟与百作工匠。中国民间春事将起未起时,乡下有社戏腰鼓,城里亦挂灯结彩,扮台阁。这台阁必有故事,如凤仪亭吕布戏貂蝉,或白蛇娘娘水漫金山,而太平军便是这样的一队青年,他们男子营女子营一路歌舞而来,谁好意思拦阻呢?他们便从广东广西一直打到南京,立起朝廷来了……"

有这样的文字,我还有什么可说呢?我只是期望有一个天上带弯月的夜晚,英王陈玉成、忠王李秀成、侍王李世贤和来王陆顺德肯走到我的梦中来,让我知道他们的模样……

正如罗丹所说的那样,"世上并不缺少美,而是缺少发现美的眼睛"。藤州的古迹旧痕,前尘遗梦,是随时可忆随处可寻的——

天平镇新兴村的石马山,除有旖旎风光之外,尚存元朝古寨两座,相传为冯京后代为抗御蒙古入侵而筑;

塘步镇的待村,依稀可见东汉伏波将军马援举行受封仪式的旧场永乐寺;

藤县城内的东山之巅,李卫公祠至今仍在表达着藤州百姓对李靖的景仰与思念之情;

唐代高僧鉴真大师当年在藤州诵经念佛的通善寺,如今已无迹可寻了,然而"空即是色",也就无须遗憾。更何况我们还可以念想它,那么它就无处不在了。

有时,精神梦寻比现实求取更有旷远的意趣,梦寻含有神性,好比哲人说的:"只要你去找,上帝终会找到!"

四、在河之洲

一切生命都源自水。水是生命的起始,也是道德的典范,因为——"上善若水,水善利万物而不争"。

文学大师沈从文曾从水中感悟到有关人世间的许多道理。他说:

"——水的德行为兼容并包,从不排斥拒绝以不同方式浸入生命中的任何离奇不经事物!却也从不受它的玷污影响。水的性格似乎特别脆弱,且极容易就范,其实则柔弱中有强韧。即涓涓细流,滴水穿石,却无坚不摧。水教给我黏合卑微人生的平凡哀乐,并做横海扬帆的美梦,刺激我对于工作永远的渴望,以及超越普通个人功利得失,追求理想的热情洋溢……"

是啊,无怪乎屈原在《渔父》一章中说:"沧浪之水清兮,可以濯吾缨;沧浪之水浊兮,可以濯吾足。"

藤县既然是龙母的故里,而神仙亦未必没有凡心,所以,这里的水系便异常盈沛。在藤县境内,流域面积达 5 平方公里以上的河流竟达 112 条之多。正是它们随心所欲的练舞带飘,流溢出藤县的柔美蔓华。

藤县的江河各具气质,各有面貌。它们就像……像什么呢?它们就像一支交响乐团——

浔江像雄浑沉厚的长号,北流河如舒缓妙曼的中提琴,蒙江似柔美抒情的单簧管,泗培河若清扬愉悦的铁笛……

藤县的江河千百年来一直在协奏着动人的乐章,只是,我们须要静心谛听。

浔江无疑是藤县江河中的黄钟大吕,是乐章的主旋律。那么,不妨让我们进入主旋律吧——

100 多公里流长的浔江,以它那舒缓明澈的智者风范和宠辱不惊的豁达襟怀,自西向东从藤县中部泱然而过。波澜壮阔的江面和青黛如屏的连山,皴染出一幅气象万千的青绿山水长卷。

在我们看来,浔江之水是双性的,既有着父亲般的深沉庄重,又有着母亲般的娴雅温存。它俨然是阴与阳的交泰,是刚与柔的合璧。或许,它纯然就是中性的,天生就具备了"极高明而道中庸"的高哲风度。

上苍对浔江似乎格外厚爱,所以,在浔江的百里流域中,竟然罗布着七座景致各异、宛若海上仙山般的洲岛,且都有着诗意盎然的名字。它们是:党洲、泗洲、思礼洲、登洲、回龙洲、禰洲和托洲。

真是天成的一句"在河之洲"。

既然是在河之洲,难免就让人寤寐思服,然而与其辗转反侧,不如君子好逑,索性随意去几个洲看看。

【党洲　思礼洲】

从天平镇塘冲村的蒙江渡口上客船,浮泛于浔江的浩渺烟波中,顿时就有了列子御风、洛神凌波般的感觉。江水的和畅明快,山色的皴擦渲染,似乎具有使人脱胎换骨的能力,人们的身心会如经受洗礼般,内外俱是一片澄和清明,宛若微飔轻扬。

浔江的水声是激情的,带着钟鼓声;浔江的风气是柔情的,带着青草香。这般风水的相应相求,共双连理,自然会引发出酣畅的荡气回肠。

自蒙江渡口入浔江,逆溯可见党洲,顺流可遇思礼洲。

党洲一名的由来典出,我们已无从知晓。根据"党"字的字义,大致是团结、聚集的意思。

或许正是这个原因吧,远远望去,党洲状若严阵待发的巨舰,洲上的树木也似乎格外紧凑密集,有如一支军心稳固士气高涨的队伍,生机旺盛英姿勃发。

即便是洲上的草花野果、奇石藤蔓,也是编排得团团簇簇,密密挨挨，一派精诚团结、同气连枝的神气……

思礼洲一名，乍听之下会给人以文质彬彬、儒雅散淡的感觉，仿佛是对《周礼》文明的思慕神往。

然而，思礼洲一名的缘起，并非这般地谦让慎独，而是因为这一带江面南面狭窄，北面为主航道，过去河中乱礁暗布，屡致舟船触礁而沉，因此，过往船只每经此地，辄须思危礼佛，以求佛力慈悲加持，保佑平安顺遂。

如今，思礼洲早已没有了往日的凶险，只是一派清丽洗练。洲上的茵茵绿草、嶙峋怪石、盈盈曲水、森森乔木、青青翠竹、郁郁繁花，皆被天工神笔点染得精到自然，真正是浓淡干湿无不相宜、疏密缓急皆是妥当。

或许，思礼洲确乎得过佛光的惠照，所以这洲上的景致，无论在什么季节，永远是那么叶嫩花初，永远是那么洁净精微……

【禤洲】

顺浔江东流，到了藤县最东端的塘步镇，首先遇见的，便是禤洲。

从地图上看，禤洲应该是"在河之洲"最大的洲了。因为它大，故而又被称为禤洲岛。

它为什么叫禤洲岛呢？这真是一个扑朔迷离的谜。因为"禤"在词典上只有一个解释：姓。然而奇怪的是，禤洲岛上姓禤的人似乎并不多。

据说，当年冯京后代中的一部分人为躲避蒙古人的追杀，隐藏到这个洲上来了。也许在这种危难时刻，他们再不便姓冯，于是创造了"禤"这个姓。当然,躲隐并不等于懦弱,他们在这洲上更加精勤地练功习武……

现在看来,禤洲岛简直就是一座花果山。

只是——

花果山上盛产桃子,而禤州岛上则各类花果无不蓬勃,如荔枝、龙眼、柑橘、枇杷、橙、黄皮、石榴、李子、仁面、香蕉、甘蔗等遍布全岛。岛上的农作物也异常地丰茂,其中以黑皮冬瓜尤胜。这种冬瓜的诸般好处,你只有尝了才会知道。

花果山上出"齐天大圣"孙悟空,而禤洲岛上则出抗日英雄石化龙。出生于禤洲的石化龙,曾任国民军委会后方勤务总司令部副总司令。石化龙将军在对日抗战中勇敢坚毅,屡立战功,尤其在台儿庄会战中功绩卓著,被李宗仁颁授"抗日英雄"奖章。2005年9月,中共中央、国务院、中央军委授予石化龙将军的家属"中国人民抗日战争胜利60周年纪念章"一枚。

如今,化龙将军府依然威势矗立,化龙将军墓依稀英魂盘桓……

禤洲岛不仅出抗日英雄,还出英雄树——广西最大的木棉树。这棵树粗壮遒劲、枝繁叶茂,直如英雄般豪气干霄。尽管它已有八百岁高龄,仍不减英雄本色,只是一味地勃然生发,大有"老骥伏枥,志在千里"之襟怀,让人敬慕仰止。

花果山出猴王,禤洲岛则出"狮王"。禤洲岛的农民狮队,以他们那种神奇的舞狮技艺,在2004年马来西亚"云顶杯"第六届世界狮王争霸赛中获得冠军和"东方狮王""世界狮王"的美誉。其狮舞技艺的绝妙高超、出神入化,简直令人匪夷所思,凡目睹者无不叹为观止。且让我们在下一个章节中,再给"世界狮王"一些勉为其难的描述吧,因为神奇的现象确实是极难言喻的。

花果山存在于小说中,存在于作家的想象中;而潿洲岛却实存于浔江中,实存于你愿意游步的脚下……

【疍家人】

在浔江的水湾岸沿,依旧生活着一个特别的族群——疍家人。疍家人似乎和水有着不解之缘,他们生养在水上,劳作在水上,安息在水上,须臾不离水。不知什么原因,疍家人只要一离开水,就像一尾被甩上岸的鱼,会因缺氧而窒息。

"疍"字的本义,无从稽考。《说文解字》上解释说:"南方夷也。"从这个注解中我们大致可以猜测疍家人的渊源。又有旁征博引者,说"艇"与"疍"方言谐音,"疍"与"荡"读音相近,等等,众说纷纭,莫衷一是。好在这些似乎都不那么重要,重要的是:这是一个以船为家的别致群体。

我们很难理解,为什么有些生活在砖瓦房里的人看不起生活在舟水之上的人?以致当他们一看见疍家人,就会很不屑地一努嘴:"喏——疍家佬!"莫非他们是菲薄疍家人生活的困苦?莫非他们是轻贱疍家人劳作艰辛乃至变形的身躯?

疍家人自有他们生活的喜乐,劳作的欢愉;疍家人自有他们坦荡率真的歌谣,婚嫁迎娶的热闹。我们只有理解了水和船的意义,才能领略疍家人的高妙。因为庄子说过:"子非鱼,安知鱼之乐?"

远远望去,浔江之上,一只只乌篷船密集成片,它们和疍家人一起，组成了一座别有声色的"在河之洲"……

五、风物民情

藤县的风物民情，既像一篇旷渺的逍遥游，又像一部达观的顺生论，随处都透露着"淡泊以明志，宁静以致远"的气息。无论是物事生产，还是民俗风情，莫不像诗里说的"好雨知时节，当春乃发生"。且应时应景，合节合拍。

古龙镇的八角、襈洲岛的冬瓜、道家村的柚子、和平镇的香芋、天平镇的米酒等等，皆有"无事此静坐，春来草自青"的修养，故而一旦发扬，便散发出满天的戒定真香。

正月初二的斗鸡，四月初八的文武二帝诞庆，五月端午的龙舟争流，以及每逢佳节盛典上必然亮相的牛歌戏和狮王舞，等等，也无不具有"静若处子，动若脱兔"的修为，因此一旦开场，便抖擞出惊人的神功绝学。

至于五月初八龙母诞辰日和八月十五龙母得道日的纪念庆典，其场面只能亲临感受，无法言传，因为必须心领的内容，每每"开口便是错"。

【八角】

　　古龙镇纯粹就是一片八角的海洋。在这里,八角的种植面积竟然占山植面积的83%以上。

　　八角树也似乎和这片土地格外有缘,故而一个劲儿欢天喜地地欣荣繁茂。到了八角收获的季节,举目望去,漫山遍野铺天盖地全是八角,空气中也弥漫着浓郁的八角香。套用两句古诗,真称得上是"冲天香气透古龙,满镇尽戴红八角"。

　　古龙镇是梧州市最大的八角销售集散地。因为这里的八角以颗粒饱满、色泽鲜红、含油量高、香味浓郁而著称,商家称之为大红八角,农业部评定其为优质农副产品,注册商标为"龙淳"。

　　如今,古龙镇的八角果和八角油,作为香料和医药原料,远销法国、美国、日本、加拿大等56个国家和地区。

　　我们知道,以八角油为原料制成的药物,防抗禽流感有奇效。我们依稀记得,这种药品有个很洋气的名字,叫达菲。

　　凡是到过古龙镇的人,当你离开之时,无论你再客气,再清廉,你总会带走一件东西——

　　那就是八角香。

　　它可不管你愿不愿意,只是一味痴情地跟着你,走得很远很远……

【米酒】

　　在藤县,无论是去高档酒店,还是寻常饭馆就餐,如果你没有特别声明,餐厅服务员一般是不会问你需要什么酒水的,他们自然而然就给你筛上了本地的米酒。也许,他们从来就不把茅台、五粮液或人头马放在心上,他们只是觉得家乡的米酒是最好的,所以他们以诚挚之心为你斟上最好的酒。

而你,果然就尝到了最好的酒。

藤县的米酒亦如藤县的民风,一味地本色淳厚。酿酒材料是上好的新鲜黏米,不带半点虚假伪作;酿酒的方法是地道的传统工艺,没有些微奇技淫巧。

所以,喝这样的米酒,即便贪杯,也只是微醺,而不会烂醉的。

所以,喝这样的米酒,酒助谈兴,说的也是反反复复的真善美,而不理会世上还有伪恶丑的。因为,酒魂的真实激发了人心的本善。

酒酣而寝,安稳如至人无梦。日晓醒来,只觉得神清气朗,不曾有半分昏沉。

这样的米酒,想必陶渊明、李太白、苏东坡、秦少游、袁宏道们一定爱喝。也许,他们当年喝的正是这样的酒呢!

所以才会有"此中有真意,欲辨已忘言"这样的诗句。

【文昌帝君诞日盛装游行活动】

每年农历八月十六这一天,对于太平镇的百姓来说,是一个兴高采烈的日子。为了纪念文昌帝君的吉诞,人们把这一天演变成了一个盛大的节日。

除了请僧人来举行庄严隆重的法会外,最有趣的,是要进行活泼热闹的盛装游行。镇子上最聪慧、姣好的男女孩童被挑选出来,着古戏服,化清丽装,扮成各类于人们心目中想念的历史人物,坐在台阁上,被大人们抬着,环游于街市。

其中有扮文昌帝君的,有扮文武状元的,有扮西施的,有扮花木兰的,有扮梁红玉的……一时间历史上不同时代的人物,因为他们在百姓心中的喜爱,就不由分说地在这里际会了。

中国的民俗常常就是这般地粗疏而生动,这些表演者不必有史学家或考据家的严谨,只是想把他们心中中意的人物来一个大荟萃,而他们的日子,也就因此而变得踏实且开心。

【狮王舞】

涠洲岛的农民舞狮队,其技艺的超绝,实可谓神乎其技、出类拔萃,称为"东方狮王",真是当之无愧。

凡是观看过"东方狮王"表演的人,莫不为之惊绝倾绝,叹为观止。

"东方狮王"的表演,是在高低参差、间距不一的高桩上进行的。由两个农家子弟互相配合的狮舞,在几个农家少女擂击出的锣鼓声中,于高空中腾跃挪移、猱蹿翻滚,却矫健安稳、如履平地。

整套动作的设计出神入化,或惊险,或静安,忽而扶摇直上,忽而急转而下,直教人看得惊心动魄,喘不过气来。

狮舞的情态亦传神至极,或凶猛,或嬉戏,忽而扬兽王之威,忽而撒宠物之娇,真个是情态百出,惟妙惟肖,令人心悦诚服,胸臆大抒。

我们没有见过东方狮王在大型舞台上的盛装表演。我们是在涠洲岛的训练场地上随机观看的。那样简陋的场地,那样粗糙的器材,那样敦厚的农家少年和那样清秀的农家少女,在几乎没有保险设施的状况下,振奋出那样惊世骇俗的"东方狮王"。

我们无法知道东方狮王绝技的传承,有时我禁不住会猜想:也许当年冯京的后代为躲避蒙古人的追杀,隐至岛上,苦练武艺神功。后来,世事平安了,他们就把原本预备用来御敌的武艺神功,演化成予世人以欢乐的狮舞艺术。

中国人就是有这样的安泰熙和之心,中国人发明了火药,却用来制作烟花爆竹;中国人观看"剑器浑脱"的武功表演,却发明出了书法中的狂草艺术……

【牛歌戏】

牛歌戏是藤县的地方戏,深为藤县的百姓所喜爱。

牛歌戏是由民间舞春牛发展起来的地方剧种。清光绪元年,金鸡镇安村"兆丰年"龙会、岭景镇篁村"同庆堂"在民间举办祈丰年的活动,在"舞春牛"的旋律中加入"年宵歌""贺年调",并增加故事情节,成为牛歌戏。

显然,牛歌戏不如昆曲的典雅蕴藉,也不如京剧的华贵考究,甚至不如黄梅戏的甜润善巧……但是牛歌戏就是牛歌戏,它如同藤州的花草竹木,受这一方水土的日月精华,自然生发开来,乃至葳蕤蔓延。

鲁迅先生曾说过,一切艺术的起源,原本就是民间百姓劳作之余的自娱。正如《吕氏春秋·古乐》里所说:"昔葛天氏之乐,三人操牛尾,投足以歌八阕……"

在我们看来,牛歌戏正有这种"葛天氏之乐"的本质。故而,牛歌戏自有它生旦净末丑的分明,自有它唱做念打的功夫,自有它本真的唱腔和朴素的戏文,以此演绎着人世间悲欢离合的故事,共振着百姓心中喜怒哀乐的情愫。

缘于牛歌戏的性本自然,牛歌戏的唱词也就分外地活泼热辣、坦诚直白,大有《国风》和"汉乐府"的况味。

例如,在"想吃杨桃上木摘,莫等大风吹落地;想求妹爱开口问,莫等别人来做媒"这段唱词中,就很有"窈窕淑女,寤寐求之。求之不得,寤寐思服"的乐而不淫,哀而不伤。

又如,在"哥妹情爱比石坚,好比莲藕丝丝连,雷打火烧不分离,互敬互爱到百年"一段,就让我们自然想起了汉乐府中的《上邪》"上邪!我欲与君相知,长命无绝衰。山无陵,江水为竭,冬雷震震,夏雨雪,天地合,乃敢与君绝",痴情决绝,执着热烈。

喜爱牛歌戏的藤州百姓,就是有着这般的磊落率直、剑胆琴心。

六、昔日土木

过去的人们喜欢把修建豪华的建筑称作"大兴土木"。缘于藤县至今尚存、保护完好的古建筑为数颇多,形式各异,有祠堂、有庄园、有古民居等等,姑且就让我们将这一章节题为"昔日土木"吧。

古代建筑往往是对某段历史无声的说明。通过对古建筑物的观赏,我们往往可以感知一方乡土曾经存现的人文景观和文化格调。

藤县的古建筑物,如其他景观一样,照例是异彩纷呈,耐人寻味。

【授三公祠】

授三公祠位于盛产八角的古龙镇,清宣统年间筹建,民国元年完工。授三公原姓陆,名授三,后代玄孙随母黄氏改姓黄,故授三公祠是陆黄二姓宗祠。该祠是后人为纪念授三公在明朝年间,由蒙江镇古厚竹村迁居到古龙镇开创基业而建。

祠堂建筑格局为三进三开间,硬山顶,抬梁式木构架结构。建筑面积达1719平方米。其灰雕、木雕、壁画等屋饰,工艺均精致入微。

授三公祠有清旷简约的气韵。一入祠堂,即给人以文质儒雅的感觉。想必授三公是一个颇具儒家修养的人,对文章道德也用心颇深。我们看到,在祠堂众多的立柱上,张贴着数幅格律严谨、意味深长的联文。不妨让我抄出一联,以供玩味吧——

文望出吴都祖有德宗有功木本水源振古风猷传奕叶;
恩波溯江夏流之光绩之厚瓜绵椒衍焕新云瑞荫孙枝。

【福隆庄】

无独有偶,如果说授三公祠有清雅气,那么道家村的福隆庄则有雄武姿。藤县的古建筑似乎也是刚柔相济、文武双全的。

福隆庄建于清乾隆年间,为杨姓庄园。原建筑面积3600平方米,凡30余间。现存的主体建筑,一进三座。中间是一片完好的古砖大院地坪。首座为门楼式,中间为大殿式,后座为供厅式。首、中座有大柱贯顶,庄门为格木大门和推龙。房顶筑脊、雕檐、内外墙头浮雕、壁画诗题,莫不精美绝伦、独具一格。

福隆庄内设"四知堂"。"四知堂"一侧,竖立着一把重逾百斤的长柄大刀,望之凛然生威。堂上嵌有重修福隆庄"四知堂"碑记,读之撼然震心,碑文开篇为:

"尝谓木之有本,水之有源。贤孝子孙当思祖德而追远。杨姓郡系弘农,胄出尧之叔虞,敕封杨侯因以为姓。至数十世汉代关西夫子震公,鹳雀衔鳝,叼鹰四世公卿。震公以'天知、地知、我知、你知'夜拒贿金,'廉洁奉公','清节长存'扬'四知'之原是立堂号焉……"

通过这些,我们就不难想象福隆庄的历史渊源和胸襟气度了。

【朱氏宗祠】

蒙江镇双德村,有气势恢宏、富丽堂皇的朱氏宗祠,始建于乾隆二十三年,其建筑结构精美独特、别具匠心。

祠前的廊壁上,有百鸟图数幅,或鸳鸯戏水,或莺歌燕舞,或孔雀开屏……其动静翔憩,姿态各异且逼真可爱。又有姜太公垂钓、状元及第、八仙贺寿等人物故事彩绘,画工精良传神,栩栩如生。瓦顶四周都刻有"丹凤朝阳""龙凤呈祥"等含吉祥之意的彩绘浮雕。

拜亭四角各有一条高 8 米、边长 50 厘米的方形大理石柱,两旁有花坛盆景点缀其间。祠内正面的行条、桷子均为杉木构造。因所用砖瓦极其阔厚,故两百多年来极少修葺,却依然如故。

前厅内壁悬挂有"朱子家政"和"朱子治家格言",以及古代各级政府所赐的功名牌匾四块。

从朱氏宗祠的建筑器局和审美趣味上看,朱氏家族中人,曾经是有过功名、做过大员的,故而它既有官员的富贵气,又有儒生的道义风。

【文武二帝庙　义学堂】

在太平镇街市中心的上元街,有古建筑"文武二帝庙"和"义学堂"比肩而立,这真是一组文经武纬的绝妙组合,又是宗教情怀和教育意愿的珠联璧合。

二帝庙和义学堂并列相通,建于清道光二十年,均为古庙宇、祠堂式的建筑风格。两座建筑总面积约 1600 平方米,以砖、瓦、木、石为主要建筑材料,配以木雕、灰雕、石雕、壁画为装饰而构成艺术建筑群体,具有颇高的历史、人文、艺术价值。

毋庸置言,文武二帝庙是为敬祀文昌帝君和关圣大帝的,至于在敬祀中所怀藏的心愿,不妨通过庙中的一副联文来传达吧:

六爻成文,图书瑞应星辰象;
止戈为武,剑戟鞘为日月光。

另有一说,言义学堂建于清光绪二十年,为藤北的韦、黄、覃、吴、朱、陈、韩、江、邓、梁、王、钟、何、李诸姓父老捐资兴建,选材和结构与二帝庙大致相仿。义学堂建成后即办义学,清末为高小学堂,民国时期办小学、幼儿班等。

这些捐资建义学堂的父老,实在叫人敬佩。龙母的子孙们对于文化教育的传承,就是有着这般的供奉情怀。

义学堂的第三座,设有仓圣楼,用以敬祀中国文字创造者仓颉。其神龛两边的联文为:

泄天地包护秘奥;开古今文字英华。

有趣的是,义学堂中还设有戏台一座。莫非当初兴建义学堂的人们,在贯彻"文以载道"的宗旨之时,还兼顾了"寓教于乐"的精神?

二帝庙和义学堂两全双修,给我们的感觉,如克莱夫·贝尔在《艺术》一书里所说的,是"一种有意味的形式"。

【东养古民居群】

太平镇西北 5 公里处的金田东养自然村,如同古话说的"物以类聚",在这小小的村落里,应约般地聚集着数座古民居,大有成群结队的架势。

据说,民居的祖先源自南京,为清初武略骑尉吴廷尚始建,继而扬拓开来,结势成群。古民居群的建筑占地面积达 20000 平方米。

古民居群建筑平面布局为 3 排 15 座,建筑风格为明清南方庭院式,挑檐筑脊、雕梁画壁、木通花屏风、雕花神楼,无不精美细致,别出心裁。

在东养古民居群中,历史上曾生养过诸如贡生、千总、按察司等众多文武英才。在民居群内,随处可见"拔元""昭信第""善著一乡""奉直大夫"等原貌牌匾,其人才之旺,由此可见一斑。

这个小小的自然村,似乎地气特别旺,故而人才辈出。据介绍,即便在当代,这个人口不多的小村落,竟出了60多个大学生。

我们是凡人,不能免俗,为了沾一点东养村的地气,临走之时,我们随意在地上捡了一块小石头,揣入兜里。

七、道法自然

在藤县的最南端,有一个镇,叫象棋镇;在象棋镇里,有一个村,叫道家村。多么奇妙而富有意趣的名字啊!

象棋,原本就是一种微含道家精神的仙心游戏,而偏偏这里有一个村,叫道家村。是巧合,抑或是别有堂奥?

老子曰:"人法地,地法天,天法道,道法自然。"老子的话总是有道理的。那么,不妨让我们到道家村去,看看能"法"到些什么……

【思罗河】

要去道家村,最好先去藤县东南端岭景镇的佛子洲,因为走下佛子洲,你就认识了思罗河。而思罗河的水,就会将竹排、连同竹排上的你,一起送往道家村。

思罗河是怎样潺湲而静谧、舒曼而明达的一带水啊。如惠风和畅般沁心,又如步影随月般沉静。

这条溪流不阔,也不深。水可澄澈见底,如同开悟者的明心见性。在这条溪水中漂流,全然没有起伏跌宕的心惊肉跳,完全只是宁静致远的心安理得。

思罗河本身就具足了道家冲淡的精神，一派高隐大德的从容气度。

王羲之一定很喜爱这带水，因为在这条溪流上，是可以"曲水流觞"的，所以必能够"畅叙幽情"。

陶渊明也一定很喜爱这带水，因为在这条溪流上，是可以领略"舟遥遥以轻飏，风飘飘而吹衣"的惬意的。这条水原本就蕴含着《归去来兮辞》的境界。

不紧不慢的思罗河，偶尔也会蓦然一冲一折，在人们心中激起微波细澜，如同古琴曲中陡然出现的泛音。

思罗河的水声，亦如古琴声般的平正宽松，真正是"大声不喧哗而流漫，小声不湮灭而不闻"。

夹岸峭壁巉岩上的密林中，冷不防会传出一声清脆的鸟啼——"思罗河！"然后忽又销声了。人们不知道这种会喊"思罗河"的鸟叫什么名，长什么样。人们只能闻其声，难以见其形。思罗河上的空山鸟语，就是这么隐逸空灵。

思罗河的水色，亦会随着天色和山色而变幻，或澄碧，或浅蓝，或深翠，或鹅黄……然而因为它的冲淡平和，故而虽奇幻却不奇谲。

我们或许可以把思罗河喻为一条电影胶片，随着胶片的流转，我们可以看见两岸的山势奇观。如"水幻洞天""醒世黄钟""直面丹崖""河豚戏水""潇湘水云"等。

在思罗河顺水漂流，只需要静静地看，默默地听，深深地想，似乎就有了微微的悟。

就这样,当一座高亭出现于左侧山腰,一架古木桥横跨思罗河两岸,思罗河将在这里汇入北流河,道家村也就到了。而两个多小时也就在不觉中而过,恰似"闲坐小窗读周易,不知春去几多时"……

【道家村】

道家村是个历史名村,曾被编入各类古今地名词典,自隋唐以来,历史都有传述记载。

根据历史记载和民间传述,道家之称谓源于"窦家"。唐初土著人窦氏始在石表山统治,名窦家土司,又叫窦家寨。天宝年间皇帝敕封窦圣为司官,叫窦家司。"窦家"遂成为该地方名。到了清光绪年间,曾留学日本、参加过同盟会的窦家人杨道忽发奇想,认为窦家的"窦"已失意义,应改为"道"家,并报请当时政府批准。自此"窦家"一去不返,"道家"大显风光。

道家村的名胜古迹,正好比老子所说的"道生一,一生二,二生三,三生万物",可谓层出不穷,不胜枚举。

除却我们在前文中曾介绍过的石表山、福隆庄、思罗河等景致外,道家村还有姜冲湖景区、大河冲峡谷等自然景观;又有古老街道一条,古建筑遗址如司署衙门、驿站、观音阁、古戏台、古盐仓、古糖坊、通济桥、窦家司牌坊、古社榕荫、古护城河、古条水巷、烟墩竹园、洲头落鹭、三代古园等人文景观。

道家村的内容说不完,看不尽。

如今,道家村人文景观研究会的成员,正在致力于建设道家村"文化庄园"。这个"文化庄园"的旨趣,是想汇地方民俗文化于一"庄",融儒释道三家文化精神于一"园"。

单是这份胸襟气魄,就足以让人赞叹。

道家村是不可说的,只能去感悟,以冀知其意会其神。

因为"道可道,非常道。名可名,非常名"。

尾声:藤兮腾兮

有人说,藤县的版图,像一个背着孩童勤奋劳作的善良母亲。确实像!

也许那位善良母亲,就是龙母;而那个孩童,正是藤州百万人民的象征。

也许是得自龙母的庇护加持,藤县有着得天独厚的资源——

一百多条河流的分布,构成"水"之资;4000平方公里丰腴的土地,构成"土"之资;满山遍野的花草竹木、瓜果农植,构成"木"之资;藏量丰富的金银、钛铁、铝锌等矿藏,构成"金"之资;近十座分布均衡合理的发电站,构成"火"之资。

——真是一个"金、水、木、火、土"的五行俱足,相生相旺!

更何况这里还有着悠久的历史文明和深厚的文化底蕴,更何况这里还有着百万勤恳努力的人民。

在这样圆融的境地中,藤县,这根坚韧而茁壮的古藤,势必攀缘着泱泱中华这棵参天大树,盘旋而上,以至腾飞!

藤兮乎?腾兮!

离开藤县的时候,在西江口,我们又见到了那棵老木棉。我们停下车,望着那棵老木棉,我忽然都不想走了——我们的心中,都很想变成一棵树,站在这里。

美丽善良、勤劳勇敢而又聪慧机智的广西女子刘三姐曾在民歌里唱道:"山中只见藤缠树,世上哪见树缠藤?青藤若是不缠树,枉过一春又一春……"

可是,我们那会儿的心情,却是很想作为一棵树,去把藤缠住。

这是什么道理呢?真想去找刘三姐问问……

后　　记

　　说实在话,对于写作的体裁,我更喜欢写小说。有评论家说我是"杂家",可能是我兴趣广泛的缘故。既然是"杂家",那么写小说就更有发挥的空间,所以我喜欢写小说,尽管我写得不多。

　　我之所以也写了一些散文随笔,大都是随顺了报刊编辑朋友的约稿,应命而写。因此收在这个集子里的文章,大部分是为报纸写的专栏文章。专栏文章因版面限制,不能写太长,故而这个集子里,以"千字文"居多,也写得很随意。不意这些随意写出的文章,竟然也受到了不少读者的喜欢,这是我始料未及的。我之所以要将这本小集子命名为《随顺集》,是想说明这些文章都是随顺编辑朋友之约而写的,跟佛法里的"随顺等观一切众生回向"没有关系。

　　这本集子能够出版,要感谢安徽文艺出版社对它的认可;感谢出版社编辑们的辛苦工作;感谢著名画家黄宝昌先生为本书画的插图和著名书法家杜鹏飞先生为本书题的字。

最后,我要感谢浙江颐和网络科技有限公司查晓芳先生对本书出版的鼎力支持!

程鹰

2019 年于黄山晓梦屋